Im Land der Musikerlchen

Spielerisches Musizieren mit Kindern

Michaela Kyllönen – Geschichte, Gedichte und Lieder
Alfred Dünser – Arrangements
Paul Janssen – Illustrationen

Im Land der Musikerlchen

Kennst du das Land der Musik? Dort kullern auf Blättern schwarze Knöpfe mit Stielen, da stehen wundersame Gerätschaften in allerlei Formen und Farben herum, aus denen die Töne purzeln, wenn man darüber streicht, hineinbläst oder zupft. Instrumente sind das, wird gemunkelt. Zudem wird das Land der Musik von fabelhaften Wesen bewohnt. Hast du Lust, ein paar davon kennen zu lernen?

Du, wir fangen an!

Michaela Kyllönen

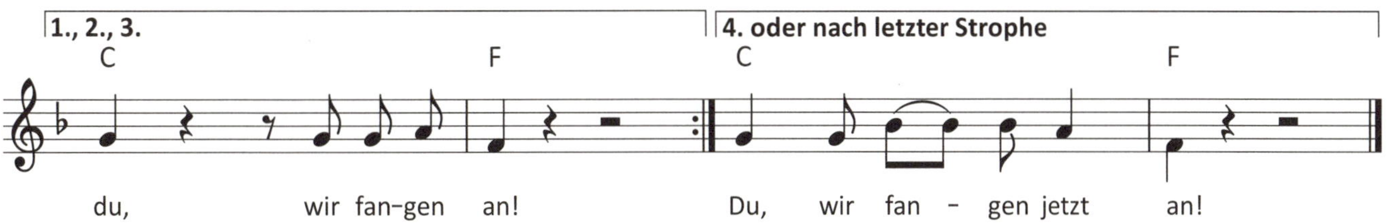

2. Du, wir fangen an!
Jeder zeigt der Welt, was er kann.
Ob wir auf die Schenkel patschen oder lieber klatschen,
du, wir fangen an!

3. Du, wir fangen an!
Jeder zeigt der Welt, was er kann.
Ob wir einfach lauthals lachen oder Unsinn machen,
du, wir fangen an!

4. Du, wir fangen an!
Jeder zeigt der Welt, was er kann.
Ob wir flüstern oder schrei'n, man mög es uns verzeih'n,
du, wir fangen an!

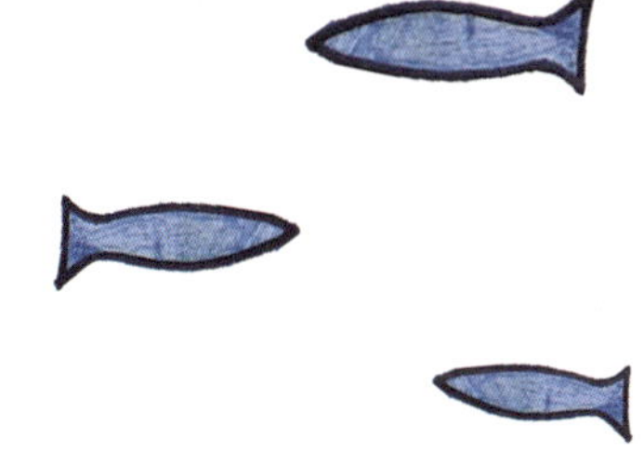

Begrüßungs- und Mitmachlied, um mit Rhythmusinstrumenten zu begleiten. Die Lehrperson gibt jedem Kind, das sie begrüßt, ein Instrument in die Hand (zum Rasseln, Trommeln, Klopfen, Flöten, etc.), mit dem es dann sein Solo spielen kann (optional dabei bei einer Strophe bleiben). Anstelle von ‚Du' kann der Name des Kindes eingesetzt werden, das vorzeigen darf, was es bereits kann.

Als erstes begegnet uns ein Musikerlchen mit einem langen Schwanz, frech und bunt getupft. Schau mal, dieses Kerlchen hüpft doch tatsächlich am liebsten auf und ab. Dabei flattern seine Schlabberohren lustig um den großen, ziemlich spitzigen Kopf.

Ui schau, da ist noch ein anderes Musikerlchen mit krummen Beinen und einer zotteligen Mähne und dann eines mit einem Drachenschwanz. Da ist ja noch eins und noch eins und noch eins…

Wie sie sich bewegen, wie sie sich drehen, wippen und schütteln, trippeln und stampfen. Keine Frage, diese lebendige Truppe aus dem Land der Musikerlchen wollen wir kennen lernen:

Das Mutige, das Schlappohrige, das Drachenmaulige, das Neugierige, das Spitznasige, das Quirlige und das Gemütliche …

Schau mal, das ist mein Musikerlchen

Bewegungslied

Bewegungslied

Was für Bewegungsarten gibt es und wie sehen sie aus? Für ein Musikerlchen kann ein Kuscheltier aus dem eigenen Fundus dienen. Jedes Kind darf das Musikerlchen halten und damit aus einer Vielzahl an Bewegungsmöglichkeiten wählen. Anfänglich bewährt sich, diese vorzugeben, bis das Kind die Idee des Spiels verstanden hat und selbst seine Lieblingsbewegung wählt, z.B. drehen, rennen, schwingen, schleichen, hüpfen, stampfen, fliegen, galoppieren etc.

Wir fahren los

„Besuch, wir haben Besuch!“, ruft das Quirlige. Da ist jemand, der will das Land der Musikerlchen kennen lernen. Wir brauchen einen Reiseführer!“

Die Musikerlchen schnattern, wiehern und krähen aufgeregt durcheinander … Reiseführer ins Land der Musik … Welche Aufregung! Jeder will Reiseführer sein, keine Frage. Noch ehe ein Streit ausbrechen kann, spricht das Gemütliche weise Worte: „Kollegen, wir sind alle Reiseführer. Wir zeigen DIR da draußen jetzt unser Land!“

Aktionslied zum Einsatz von Stimmübungen, zum Einstieg in die Stunde und zum Spiel mit Matchboxautos. Als Partnerübung und Rhythmusübung zum Klatschen einsetzbar. Beim Refrain wird von Anfang an auf die 2 (Pause) geklatscht. Wenn das Lied vertraut ist, gibt es einen Durchgang mit Klatschen auf die 1, dabei wird mit den Händen das Auf- und Zuschnappen des Kiefers eines Tieres imitiert. Dann wird daraus eine Paarübung: Zu zweit zusammengehen und die 2 klatscht in die Hände der geöffneten 1, im steten Wechsel. Als Bewegungsspiel die Gruppe bei der Strophe durch den Raum gehen lassen. Beim Refrain mit einem Partner klatschen.

Die sieben Musikerlchen drängen sich in das viel zu kleine Auto, als der Motor knatternd angelassen wird. „Anschnallen!“, befiehlt das Spitznasige. Kaum sind die Worte verklungen, legt sich das vollbeladene Fahrzeug auch schon quietschend in die erste Kurve. Es saust die Berge hoch, die Hügel runter, es schlängelt sich durch Täler entlang der Flüsse und holpert nach langer Fahrt irgendwann auf einem Schotterweg etwas müde dahin.

„Wohin bist du denn abgebogen?", schimpft das Drachenmaulige, das auf seiner Sitzbank durchgeschüttelt wird. „Ist etwa das Benzin schon alle?", grübelt das Spitznasige. Es war doch so toll, richtig flott durch die Lande zu flitzen. „Zeit zum Aussteigen, Pause auf einer grünen Wiese", schlägt das Gemütliche vor. Die anderen folgen ihm, halb zögerlich, halb widerwillig, halb neugierig. Immerhin kennen sie diesen Flecken saftiger Erde noch nicht.

„Da! Hast du das gesehen! Was baumelt denn da vom Baum?", fragt das Neugierige seine Kameraden. Sie treten schüchtern näher und beobachten die eleganten, geschmeidigen Bewegungen einer Kobra, genau genommen der Musikobra.

Eine kleine Schlange

Eine kleine Schlange liegt in einem Nest. Sie hat sich richtig eingerollt und schläft dort tief und fest... Plötzlich wird sie munter,

lässt sich vom Baum hinunter,

im Kopf hört sie es surren

und im Magen knurren.

Sie schaut nach links

und schaut nach rechts.

Sie schaut nach oben

und schaut nach unten.

Sie schaut nach vorne

und schaut nach **hinten**,

wo soll sie nur Futter finden?

Denn wenn die Schlange H u n g e r hat,

wird sie nur von Mäusen satt.

So kriecht die kleine Schlange

vom Baum zum Beutefange.

Sie schlängelt sich durchs grüne Gras und dabei wird ihr Bäuchlein nass!

Sss zischt die Musikobra

Bewegungslied

Michaela Kyllönen/Martin Schelling

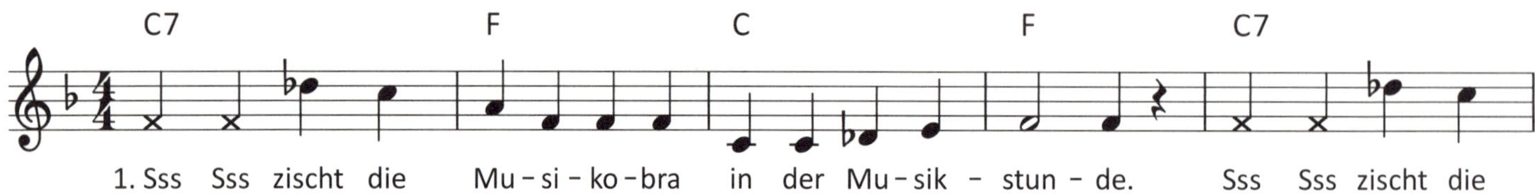

2. Sss schlängelt die Musikobra in der Musikstunde.
Sss schlängelt die Musikobra eine ganze Runde.
Sss schlängelt und schlängelt, bleibt dann plötzlich still.
Und wer sagt uns jetzt, was die Musikobra will.

3. Sss kriecht die Musikobra in der Musikstunde.
Sss kriecht die Musikobra eine ganze Runde.
Sss kriecht und kriecht, bleibt dann plötzlich still.
Und ich sag euch jetzt, was die Musikobra will.

4. Sss rastet die Musikobra in der Musikstunde.
Sss rastet die Musikobra eine ganze Runde.
Sss rastet und rastet, bleibt dann plötzlich still.
Und ich weiß, dass die Musikobra jetzt gar nichts mehr will.

*Den Namen eines Kindes einsetzen, dass sich dann eine neue Bewegung aussucht.

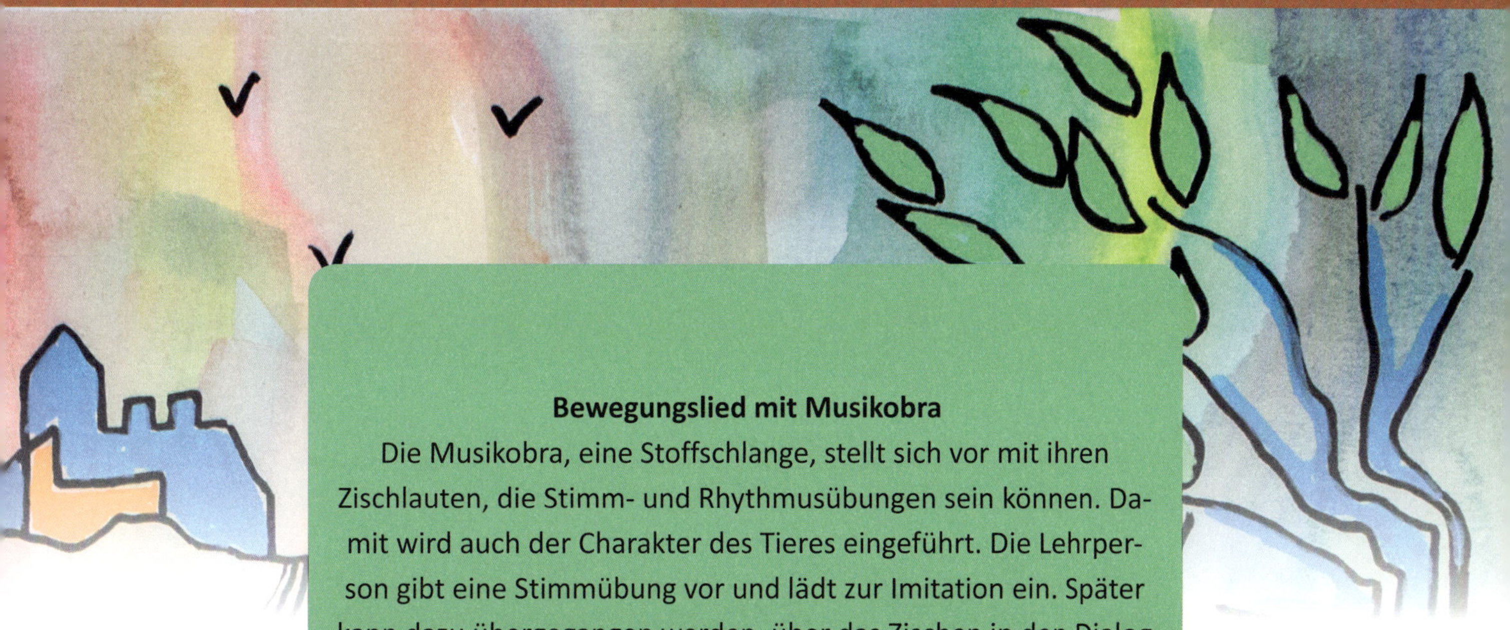

Bewegungslied mit Musikobra

Die Musikobra, eine Stoffschlange, stellt sich vor mit ihren Zischlauten, die Stimm- und Rhythmusübungen sein können. Damit wird auch der Charakter des Tieres eingeführt. Die Lehrperson gibt eine Stimmübung vor und lädt zur Imitation ein. Später kann dazu übergegangen werden, über das Zischen in den Dialog zu kommen: ss-ss-ss/sch-sch-sch/zz-zz-zz/st-st-st.

Lied: Die erste Strophe dient als Aufwärmrunde, in der die Schlängelbewegungen einer Schlange imitiert werden. Bei „still" bleiben alle ganz abrupt wie versteinert stehen. Die Lehrperson reicht die Musikobra an ein Kind weiter und lädt es ein, eine neue Bewegung vorzugeben. So lange das Lied gesungen wird, bewegen sich alle gemäß der gewählten Bewegungsart (kriechen, schlängeln, rollen,...).

„Du bist ja ein komisches Tier!", rufen die Musikerlchen unisono. „Du tust uns richtig leid, so ganz ohne Arme und Beine und so …" „So ein olles Tier", brummt das Spitznasige. „Taugt nicht zum Hüpfen und Stampfen und überhaupt. Lasst uns weiterziehen, Freunde."

„Ich mag Schlangen!", wirft das Drachenmaulige ein. „Sieht doch hübsch aus, wenn sie sich einringeln oder sich so lautlos durch das Gras bewegen."

„Pah, lautlos!", mault das Schlappohrige, das Ganze aus einiger Entfernung beobachtend. „Ich find trampeln schöner."

„Dann lass uns doch diesen Weg erkunden und unsere eigene Spur ziehen!", schlägt das Quirlige vor. „Sonnenhut anziehen", mahnt das Spitznasige und fischt im Kofferraum nach dem begehrten Utensil. Mit einem Lied auf den Lippen machen sich die Musikerlchen auf, das Schlappohrige vorneweg trampelnd.

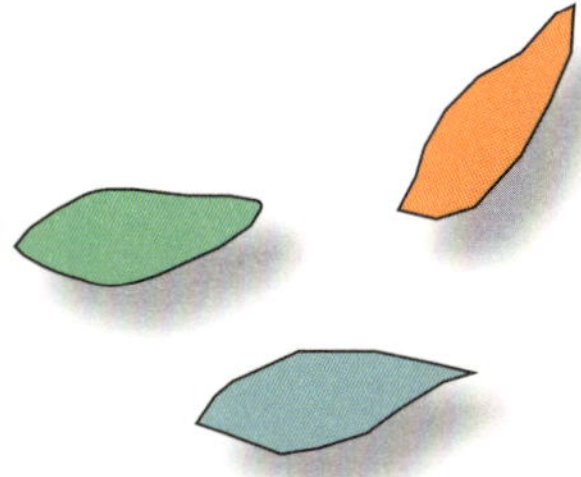

Du, ich habe einen Körper

Körperlied

Michaela Kyllönen

D A D D A D
1. Du, ich ha - be ei - nen Kör - per! Du, der hat zwei Ar - me dran!

D A D Eadd4 A Gm6 A
Du, ich möcht' dir ger - ne zei - gen, was man mit den Ar - men mach - en kann. Man kann sie

D A A D
schüt - teln, schüt - teln, schüt - teln, man kann sie schüt - teln, her und hin, man kann sie

beim letzten Mal

D Bm G E7 𝄋 A7 D A7
schüt - teln, schüt - teln, schüt - teln, bis ich end - lich mun - ter bin.

D Bm G A D Bm G A D Bm G A D
Du - di du - di du - di du - di, du - di du - di du - di du - di, du - di du - di du - di du - di dap dau.

𝄋 A7 A7 A7 D
bis ich end - lich mun - ter, bis ich end - lich mun - ter, bis ich end - lich mun - ter bin. Yeah!

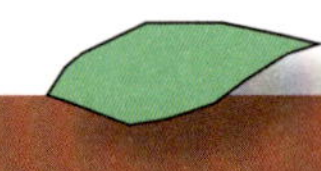

Körperlied
Gemeinsam überlegen wir, welche Körperteile geschüttelt werden können. Arme, Hände, Finger, Haare, Beine, Füße, etc. Der Einstieg ins Lied erfolgt über das Schnipsen, dann folgt der Gesang. Haben wir noch andere Körperteile? Was tun wir mit diesen, wenn wir sie nicht schütteln?

2. Du, ich habe einen Körper! Du, der hat zwei Hände dran.
Du, ich möchte dir gern zeigen, was man mit den Händen machen kann.
Man kann dann winken, winken, winken, winken her und hin.
Man kann dann winken winken, winken, bis ich endlich munter bin.

3. Du, ich habe einen Körper! Du, der hat zehn Finger dran.
Du, ich möchte dir gern zeigen, was man mit den Fingern machen kann.
Man kann dann zappeln, zappeln, zappeln, zappeln her und hin.
Man kann dann zappeln, zappeln, zappeln, bis ich endlich munter bin.

4. Du, ich habe einen Körper! Du, der hat zwei Beine dran.
Du ich möchte dir gern zeigen, was man mit den Beinen machen kann.
Man kann sie schlenkern, schlenkern, schlenkern, schlenkern her und hin.
Man kann sie schlenkern, schlenkern, schlenkern, bis ich endlich munter bin.

5. Du, ich habe einen Körper! Du, der hat zwei Füße dran.
Du, ich möchte dir gern zeigen, was man mit den Füßen machen kann.
Man kann dann stampfen, stampfen, stampfen, stampfen her und hin.
Man kann dann stampfen, stampfen, stampfen, bis ich endlich munter bin.

6. Du, ich habe einen Körper! Du, der hat so vieles dran.
Du, ich möchte dir gern zeigen, was man mit dem Körper machen kann.
Man kann ihn schütteln, schütteln, schütteln, schütteln her und hin.
Man kann ihn schütteln, schütteln, schütteln, bis ich endlich munter bin

Rauf mit dem Hut

Michaela Kyllönen

2. Runter mit dem Hut und rauf auf's Gesicht,
dann blendet uns die Sonne nicht.
Wir woll'n ein wenig rasten, die Seele baumeln lassen
und mit uns'ren Händen die Sonnenstrahlen fassen.
Wir woll'n ein wenig rasten und sind wir nicht mehr müd,
dann stehen wir auf, Gott behüt!

Aktionslied mit dem Material Hut. Wir gehen im Rhythmus der Musik, bis im Lied die Aufforderung zum Hinlegen kommt. Beim Hinlegen sich den Hut vom Kopf nehmen und auf dem Gesicht platzieren. In der zweiten Strophe rasten wir, den Hut auf dem Gesicht und versuchen liegend, Sonnenstrahlen zu erwischen.

*Mit den Kindern sammeln, was wir beim Ausflug machen wollen: laufen, joggen, sprinten, turnen, tanzen, paddeln, radeln, schwimmen usw. und die jeweiligen Bewegungen im Lied umsetzen.

„Ganz schön was los hier auf dem Waldweg“, murmelt das Quirlige, „was hier alles so krabbelt und kribbelt.“ Doch nicht nur auf der Erde herrscht ein geschäftiges Treiben, auch durch die Lüfte hört man es summen und brummen. Ein Schwarm Bienen steuert direkt auf die Musikerlchen zu, die etwas erschrocken auseinander stieben.

„Wer summt denn da, wer brummt denn da?“, wundert sich das Neugierige. Es dauert auch nicht arg lange und sie entdecken des Rätsels Lösung. Zwei junge, tapsige Bären reiben sich schmerzensgeplagt ihre Bärenmäuler. Kein Wunder, nach einem missglückten Versuch, an süßen Honig dran zu kommen.

Der Brombär und der Brummbär

Michaela Kyllönen

2. Der Brombär und der Brummbär
verstanden ihre Welt nicht mehr.
Sie konnten es nicht lassen
und wollten Honig fassen.
Doch die Bienen, doch die Bienen
werden ihnen niemals dienen
und sie stechen, stich, stich, stich
und das schmerzt dann fürchterlich.

3. Der Brombär und der Brummbär
jaulten gar vor Schmerzen sehr.
Sie ließen es nun bleiben
und endgültig vertreiben.
Denn die Bienen, denn die Bienen
werden ihnen niemals dienen
und sie stechen, stich, stich, stich
und das schmerzt dann fürchterlich.

Aktionslied
Im A-Teil langsame, tapsige Bewegungen, im B-Teil schnelles Durcheinanderlaufen im Raum. Passende Instrumente suchen (z.B. Trommeln und Maracas oder Bassxylophon und Glockenspiel).

„Was macht ihr denn da?", erkundigt sich das Gemütliche und lässt sich auf einen Flecken weichen Mooses plumpsen. „Wir wollten Honig haben", brummt der Brombär verdrießlich. „Hmm, damit können wir natürlich nicht dienen", sagt das Spitznasige mitfühlend.

„Wir wollten einfach mal wieder was richtig Leckeres schlecken", seufzt der Brummbär und reibt sich sein zerstochenes Bärengesicht. „Lasst uns doch gemeinsam was köcheln!", schlägt das Schlappohrige vor. Das lassen sich der Brombär und der Brummbär nicht zwei Mal sagen. Aus ihrer Bärenhöhle werden die passenden Utensilien angeschleppt und nach kurzer Zeit sieht man das Quirlige auch schon eifrig in einem Topf rühren.

Gemeinsam scharen sie sich dann um den fertigen Haferbrei und schlecken und schmatzen aus der gleichen Pfanne. Die Bärenkinder haben dabei den größten Appetit und lecken den Topf schließlich so sauber, dass er wieder wie neu glänzt. „Kommt, lasst uns was gemeinsam spielen!", schlägt der Brombär vor. Schließlich haben sie nicht alle Tage so fröhliche Spielkameraden in ihrem Revier. „Spielen wir Verstecken!", schlägt das Spitznasige vor.

Haferbrei

Ai, ai, ai,
wir kochen heute Haferbrei,
ai, ai, ai,
wir kochen heute Brei.
Etwas Milch aus der Kanne
gießen wir in eine Pfanne
und dann warten wir 'ne Weile,
denn die Milch hat keine Eile.
Zwischendurch das Feuer schüren
und die Milch einmal probieren.
Ist die Milch dann endlich warm,
schlagen wir Alarm!
Rein den Grieß, die Haferflocken,
schon beginnt der Brei zu stocken,
rühren, rühren, rühren kräftig,
bis der Brei schon blubbert heftig.
Und so kommt der Brei ganz frisch
auf den Tisch!

Ich habe eine Nase

Körperlied

Michaela Kyllönen

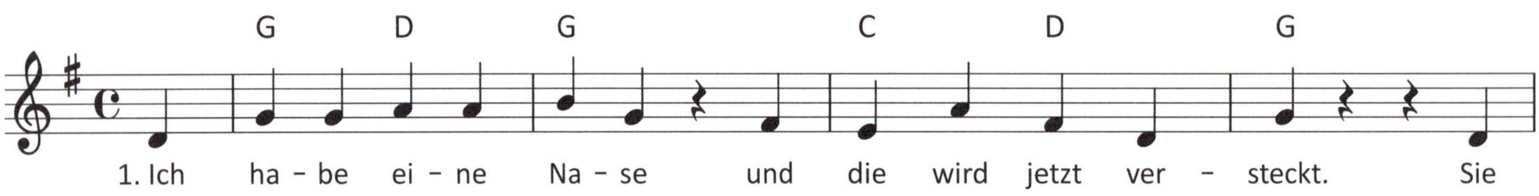

2. Ich habe auch zwei Ohren, die werden jetzt versteckt.
Sie werden mit den Händen einfach zugedeckt.
Lirum larum hai ai ai, lirum larum jaa,
jetzt sind die Ohren wieder da.

3. Ich habe einen Mund und der wird jetzt versteckt.
Er wird jetzt mit der rechten Hand einfach zugedeckt.
Lirum larum hai ai ai, lirum larum jaa,
jetzt ist der Mund wieder da.

4. Ich habe auch zwei Augen, die werden jetzt versteckt.
Sie werden mit den Händen einfach zugedeckt.
Lirum larum hai ai ai, lirum larum jaa,
jetzt sind die Augen wieder da.

5. Ich habe Augenbrauen, die werden jetzt versteckt.
Sie werden mit den Fingern einfach zugedeckt.
Lirum larum hai ai ai, lirum larum jaa,
jetzt sind die Augenbrauen wieder da.

6. Ich habe Zappelfinger, die werden jetzt versteckt.
Sie werden mit dem Popo einfach zugedeckt.
Lirum larum hai ai ai, lirum larum jaa,
jetzt sind die Zappelfinger wieder da.

7. Zum Schluss hab ich noch Zehen, die werden jetzt versteckt.
Sie werden mit den Händen einfach zugedeckt.
Lirum larum hai ai ai, lirum larum jaa,
jetzt sind die Zehen wieder da.

Körperlied

Die einzelnen Körperteile, die jeweils besungen werden, werden durch Zudecken mit den Händen oder den Fingern (bei den Augenbrauen) „versteckt". Beim Refrain „Lirum, larum…" die Arme vor dem Bauch rollen, bei „wieder da" auf das jeweilige Körperteil zeigen. Sobald die Kinder mit dem Lied vertraut sind, dürfen sie sich aussuchen, was sie verstecken wollen. Versteckt werden können Augen, Wangen, Stirn, Mund, Knie und alles, was den Kindern einfällt. Die Sinneserfahrungen dazu sind vielfältig, durch den Verlust der Sicht, wenn die Augen zugedeckt sind, das veränderte Hören beim Verstecken der Ohren oder das unverständliche Singen, wenn der Mund bedeckt wird.

„Können wir nicht was anderes spielen?“, fragt das Drachenmaulige nach einer Weile. „Körperteile verstecken wird mir zu fad!“ „Hmm“, überlegt der Brombär. Ich habe mal auf der Suche nach Honig eine weiße Kugel gefunden, die können wir hin und her rollen.“ „Und ich einen Faden!“, wirft der Brummbär ein. „Spielen wir damit!“

„Kugel, Faden“, lacht das Schlappohrige, als es die Utensilien sieht, welche die Bärenkinder herbeiholen. „Das ist ein kleiner Ball und keine Kugel!“, sagt es etwas altklug. „Und das ist kein Faden, sondern eine Schnur!“, ergänzt es wichtig. „Na und, Kugel oder Faden oder wie du das nennst, Hauptsache, es taugt zum Spielen!“, ärgern sich die Bären. „Hört auf zu streiten!“, mahnt das Gemütliche. „Zeigt doch mal her, was ihr da habt!“

Eine lange Schnur

Schau nur, schau doch nur, ich habe eine lange Schnur! Schau dir an, schau dir an, was die Schnur alles kann!

Sie schwingt und schaukelt,
klatscht wie eine Peitsche
und in meinem Fall
wird sie ein Ball.

Schau nur, schau doch nur,
ich habe eine lange Schnur!
Schau dir an, schau dir an,
was die Schnur alles kann.

Sie wird zu einer Welle,
sie wird zu einem Berg
und so viel ich weiß,
wird sie ein Kreis.

Schau nur, schau doch nur,
ich habe eine lange Schnur!
Schau dir an, schau dir an,
was die Schnur alles kann.

Sie wird zu einer Schlange,
sie wird zu einem Wurm,
und sie rollt sich keck
zu einer Schneck‘!

Schau nur, schau doch nur
ich habe eine lange Schnur.
Ich schau mir an,
was die Schnur bei euch so kann.

Jö schau einmal

Michaela Kyllönen

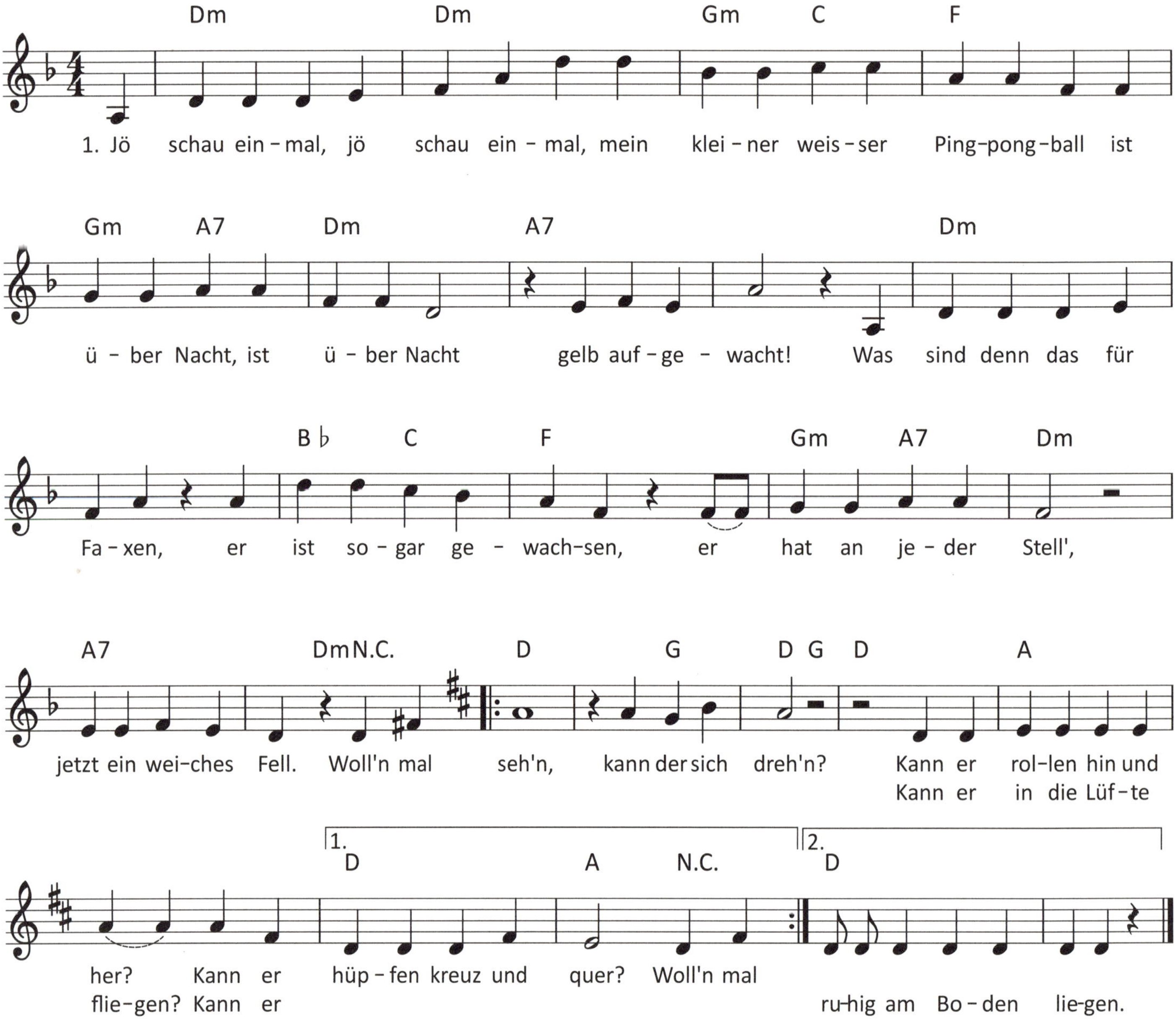
Dm Dm Gm C F
1. Jö schau ein - mal, jö schau ein - mal, mein klei - ner weis - ser Ping-pong-ball ist
Gm A7 Dm A7 Dm
ü - ber Nacht, ist ü - ber Nacht gelb auf - ge - wacht! Was sind denn das für
B♭ C F Gm A7 Dm
Fa - xen, er ist so - gar ge - wach-sen, er hat an je - der Stell',
A7 Dm N.C. D G D G D A
jetzt ein wei-ches Fell. Woll'n mal seh'n, kann der sich dreh'n? Kann er rol-len hin und
Kann er in die Lüf-te
1. 2.
D A N.C. D
her? Kann er hüp - fen kreuz und quer? Woll'n mal
flie-gen? Kann er ru-hig am Bo - den lie-gen.

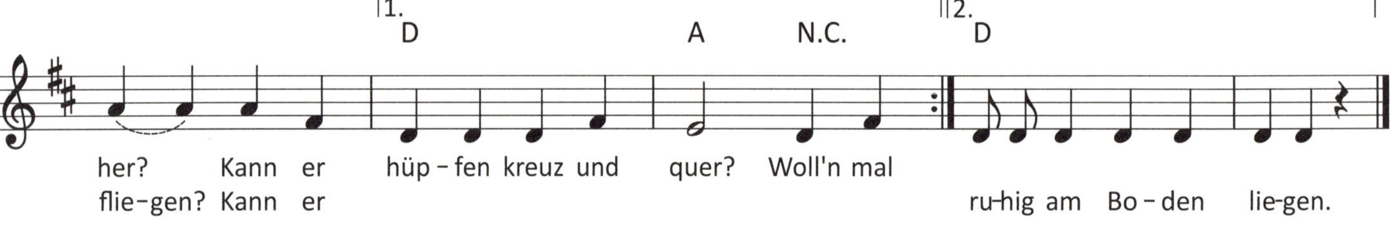

2. Jö schau einmal, jö schau einmal,
mein kleiner gelber Tennisball
ist über Nacht, ist über Nach
rot aufgewacht.
Was sind denn das für Faxen,
er ist sogar gewachsen,
hat statt einem Fell
Stacheln an jeder Stell'.

3. Jö schau einmal, jö schau einmal,
mein kleiner roter Igelball
ist über Nacht, ist über Nacht
blau aufgewacht.
Was sind denn das für Faxen,
er ist sogar gewachsen,
keine Stacheln und kein Fell
nun glatt an jeder Stell'.

„Ich liebe Bälle!“, jauchzt das Quirlige, als der Brombär mit der Schnur erneut einen Ball formt. „Wo hast du denn den kleinen weißen Ball von vorhin?“, will es wissen. Der Brombär öffnet seine Pranke und lässt das Bällchen zu Boden fallen, von wo aus es zurückspickt.

Unter den Freunden entwickelt sich ein lustiges Ball-, Balancier- und Beutespiel, bis das Spitznasige den Pingpongball erwischt und ihn nicht mehr hergeben will.

„Du kannst doch zaubern, Schlappohriger?“, schaut das Mutige fragend in seine Richtung. „Ein paar Bälle mehr, das könnten wir jetzt gebrauchen!“ Da war doch mal so ein Zauberspruch.

Hokus pokus Krötenfuß,
Knallbonbon und Kokosmus,
Hennenflügel, Hexenschuss,
der Zauber jetzt gelingen muss!

Nichts rührt sich. „Noch einmal bitte!“, bettelt das Neugierige. „Du hast sicher nur den falschen Spruch ewischt.“ „Na gut“, seufzt das Schlappohrige.

Hokus pokus Krähenfuß,
Kichererbsen, Kohlenruß,
Hirsekörner, Hasenkuss,
der Zauber jetzt gelingen muss!

Aktionslied zum Spiel mit Bällen: Qualitäten von Bällen kennen lernen (Tischtennisball, Tennisball, Gymnastikball, Igelball, Basketball, Jonglierbälle usw.), die sich unterschiedlich verhalten. Die Bälle rollen hin und her, werden geworfen, gedreht, geprellt, durch Pusten fortbewegt etc. In den Strophen können weitere Arten von Bällen ergänzt und mit ihren spezifischen Eigenschaften (weich, fest, gestreift, klein, groß) vorgestellt werden.

Musikaninchen hallo!

Bewegunglied

Michaela Kyllönen

2. Komm, wir wollen sausen geh'n.
Sausen, weil wir munter sind,
sausen, danach steht mein Sinn.
Sausen, sausen hier im Kreis
und dabei wird mir ganz heiß.

3. Komm, wir wollen tanzen geh'n.
Tanzen, weil wir munter sind,
tanzen, danach steht mein Sinn.
Tanzen, tanzen, das ist fein,
zu zweit oder allein.

4. Komm, wir wollen stampfen geh'n.
Stampfen, weil wir munter sind,
stampfen, danach steht mein Sinn.
Stampfen, stampfen immerzu
und irgendwann geb' ich dann Ruh'!

5. Komm, wir woll'n uns drehen geh'n.
Drehen, weil mir munter sind,
drehen, danach steht mein Sinn.
Drehen, drehen rundherum,
drehen, das hält mich in Schwung
und irgenwann fall' ich dann um.

* Hier wählen die Kinder, wie sie sich gern mit dem Musikaninchen bewegen möchten.

** Hier können anstatt „munter" andere Adjektive eingesetzt werden, der Laune der Kinder entsprechend: lustig, fröhlich, müde usw.

Bewegungslied
Jedes Kind darf einmal das Musikaninchen halten und sich eine Bewegung (Hüpfen, Rennen, Drehen, Tanzen, Galoppieren, Schleichen, Krabbeln, …) aussuchen.
Solmisieren auf So und Mi. Das Musikaninchen verschickt Hasenküsse: „So, So, So" (Die Hände wie zum Küsseschicken vor dem Mund für das So) Beim Mi liegen die Hände auf Bauchhöhe wie auf einem Tisch. So – Mi (Hal – lo) vormachen und zum Nachmachen animieren. Eigene Tonfolgen auf So – Mi improvisieren.

Siehe da, plötzlich regt sich was. Das Schlappohrige schaut recht verdutzt, als ein feuchter Hasenkuss mitten auf seiner Wange landet.

Die anderen Musikerlchen blicken ebenso fassungslos auf das langbeinige Tier, das aus dem scheinbaren Nichts aufgetaucht ist und fröhlich in die Runde grinst. Das Mutige fasst sich als Erstes wieder und trompetet dem unbekannten Tier ein freches „Hallo!" entgegen. Dieses strahlt mit großen, freundlichen Augen in die Welt.

„Sag mal, wo bist du denn Zuhause?", will das Neugierige wissen. „Kommt mit, ich zeig es euch", mümmelt das Musikaninchen und schlägt gleich ein paar Haken über die Waldlichtung.

Ziemlich atemlos ist die Truppe, als sie das Musikaninchen in seinem Garten wieder eingeholt hat. „Du hast aber komische Füße", kichert das Mutige, als es sich neben das Musikaninchen auf die aufgewühlte Erde fallen lässt und die großen Spuren sieht, die es dort hinterlassen hat.

Mein kleines Häuschen

Ich hab' ein kleines Häuschen,
das ist nicht weit von hier.
Die Türe, die ist weiß lackiert,
und Fenster hat es vier.
Rund um mein kleines Häuschen,
da steht ein Gartenzaun.
Drum kann man nur auf Zehenspitzen
in den Garten schau'n.
In meinem schönen Garten,
da steh'n wohl fünfzehn Bäume
und ein Meer von Ringelblumen
füllt die Zwischenräume.
Und eines Tages kriecht heran
die Schneckenfrau Madelaine.
Auch Schnecken wollen dann und wann
schöne Gärten seh'n.
Der Zaun, der ist zwar hoch,
doch hat er viele Lücken.
Für Schnecken reicht ein Loch
zu ihrem „grand" Entzücken.
Ich hab' ein kleines Häuschen,
das ist nicht weit von hier.
Wenn du mich mal besuchen willst,
dann öffne ich die Tür!

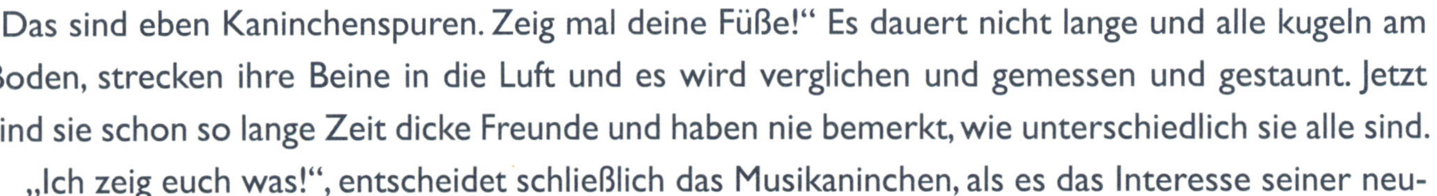

„Das sind eben Kaninchenspuren. Zeig mal deine Füße!" Es dauert nicht lange und alle kugeln am Boden, strecken ihre Beine in die Luft und es wird verglichen und gemessen und gestaunt. Jetzt sind sie schon so lange Zeit dicke Freunde und haben nie bemerkt, wie unterschiedlich sie alle sind.

„Ich zeig euch was!", entscheidet schließlich das Musikaninchen, als es das Interesse seiner neuen Freunde bemerkt. „Spannend!", sagt das Schlappohrige. „Toll!", fügt das Drachenmaulige hinzu und auch alle anderen Musikerlchen sind beeindruckt davon, wie unterschiedlich die Spuren der Füße sind, als die unterschiedlichen Tiere über die krümelige, feuchte Erde gehen.

Spurensuche

Michaela Kyllönen

2. Ist's ein Igel oder ist es ein Has', der dort hoppelt durch's Gras?
3. Ist's ein Fuchs, ein Maulwurf gar, der vor uns munter war?
4. Ist's ein Käfer mit tausend Füß', der uns heut' freundlich grüßt?
5. Ist's ein Mädchen oder ist's eine Frau, schau'n wir mal genau?
6. Ist's ein Junge oder ist es ein Mann, schau'n wir es uns an?

Spurenspiel

Auf einem Bogen Papier die eigenen Spuren aufzeichnen. Verschiedene Tierspuren zeigen (Hase, Kamel, Katze, Maus, Wolf, Vögel, …) und erraten lassen. Ein Spurenblatt erstellen.

Das Musikaninchen schlägt bereitwillig sein dickes Buch der 1001 Spuren auf und sieben Köpfe scharen sich interessiert um das weise Buch. „Was ist das denn für ein Tier?", schaut das Neugierige fragend auf und zeigt auf einen besonderen Fußabdruck. „Hmm", mümmelt das Musikaninchen schulmeisterlich, „dieses Tier lebt weit, weit weg von uns in einem Land, in dem es sehr warm ist."

„Ach, könnt' ich zaubern, das würde ich soooo gerne sehen", seufzt das Neugierige. „Willst du auch einen Hasenkuss?", lacht daraufhin das Schlappohrige. Immerhin ist es sein Verdienst, dass sie jetzt in der Spurensuchschule sitzen. „Nöö, ich will diese Füße da in echt sehen", zeigt das Neugierige beharrend auf den Abdruck der fremden Spur. „Lass es mich mit Zaubern versuchen!"

Hokus Pokus Krähenfüße,
Katzenschwanz und Zuckersüße,
Knallbonbon und Kokosnuss,
zeig mir rasch jetzt diesen Fuß!

Potzblitz! Da steht es doch ganz und gar leibhaftig und in voller Größe. Das Neugierige erschrickt etwas. Bei aller Liebe war es nicht gefasst darauf, dass der Zauber beim ersten Mal klappen würde. Schnuppernd, schnüffelnd und staunend läuft es um das Tier herum. Und gleich nochmal und nochmal und nochmal. Es ist ganz echt und es hat wirklich solche – in dem Buch entdeckten – Fußabdrücke. Sapperlott!!!

Das Musikamel ist selbst nicht wenig erstaunt, wie ihm da geschieht. „Hallo, ich bin ein Musikerlchen, sehr erfreut und herzlich willkommen in der Spurenleseschule von unserem Freund, dem Musikaninchen", plappert das Neugierige aufgeregt.

Das Musikamel

Bewegungslied

Michaela Kyllönen

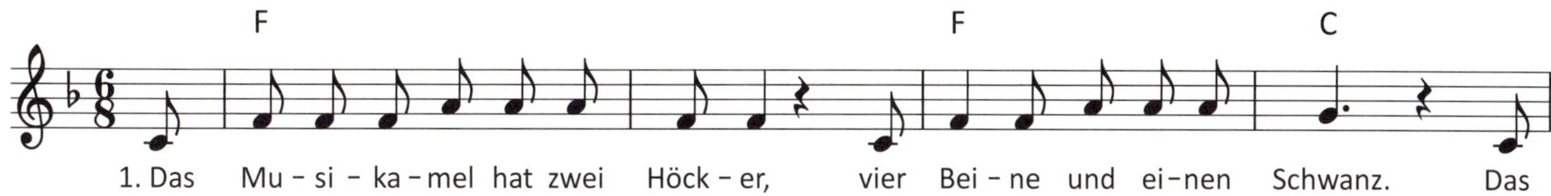

2. Das Musikamel hat zwei Ohren,
vier Beine und einen Schwanz.
Das Musikamel, das liebt Drehen
statt dem nächsten Tanz.
Mit zwei Beinen drehen ist kinderleicht,
mit vier, da ist es schwer.
Komm dreh dich mit mir,
komm dreh dich mit mir,
dreh dich mit mir, bitte sehr.

3. Das Musikamel hat zwei Augen,
vier Beine und einen Schwanz.
Das Musikamel, das liebt Hüpfen
statt dem letzten Tanz.
Mit zwei Beinen hüpfen ist kinderleicht,
mit vier, da ist es schwer.
Komm hüpfe mit mir,
komm hüpfe mit mir,
hüpf mit mir, bitte sehr.

Aktionslied

*Mit den Kindern Ideen sammeln, was das Musikamel alles liebt. Dann singen wir davon und führen diese Bewegungen aus. Dabei darf jedes Kind einmal das Musikamel halten und sich eine Bewegung (Hüpfen, Rennen, Drehen, Tanzen, Galoppieren, Schleichen, Krabbeln, …) aussuchen. Der Text wird angepasst mit „… statt dem nächsten Tanz“. Falls das Lied als Bewegungslied ausgeführt wird, kann man bei der ersten Strophe bleiben und jeweils die Bewegungsarten verändern. Das Lied wird mit Gesten gesungen: Das Musikamel hat zwei Höcker: dafür mit den Händen zwei Mal zwei Berge anzeigen. Vier Beine: zwei Mal auf den linken Schenkel und zwei Mal auf den rechten Schenkel patschen. Einen Schwanz: die Arme hinter den Körper führen und klatschen. Die Füße stampfen auf die Eins und die Vier.

Du, schau zu mir

Körperlied

M. Kyllönen — mündlich überliefert

F C F C

Du, schau zu mir, dann zeig ich dir, mein klei-nes Kör-per-haus.

2. Hier sind meine Ohren
und ich sag dir was!
Diese zu massieren,
ja das macht mir Spaß.
Massiere, massiere so,
rallalli, rallalla, rallallo.

3. Ich hab auch zwei Schultern
und ich sag dir was!
Diese können hüpfen
und das macht mir Spaß.
Hüpf, hüpf sie so,
rallalli, rallalla, rallallo.

Körperlied, um die Körperteile in den Fokus zu rücken und zu sammeln, wie man sie berühren bzw. bewegen kann: stupsen, drehen, klopfen, streicheln, tippen, usw.

„Hast du eine Nase? Und Ohren? Und Augen? Einen Schwanz? Beine?" Während das Neugierige das neue Tier umrundet und bestaunt, kritzelt das Drachenmaulige die Fakten neben die Tierspur. „Oh und was sind denn das für Buckel?", will das Drachenmaulige wissen, als es aufblickt. „Tja", stottert das Neugierige, „das sind, ähh, das sind …"

Angeregt vom Musikamel betrachten sich die neuen Freunde nun interessiert mit ganz neuen Augen, haben doch alle ihre Eigenheiten, ihre besondere Spur, ihren speziellen Geruch und ihre Vorlieben.

Über all das Staunen und Berühren und Begreifen werden Musikerlchen, Musikaninchen und Musikamel so müde, so, so müde. Eines nach dem anderen kuscheln sie sich in einem kunterbunten Haufen selig zusammen für eine geruhsame und ausgedehnte Portion Schlaf.

Schöne Ohren

Michaela Kyllönen

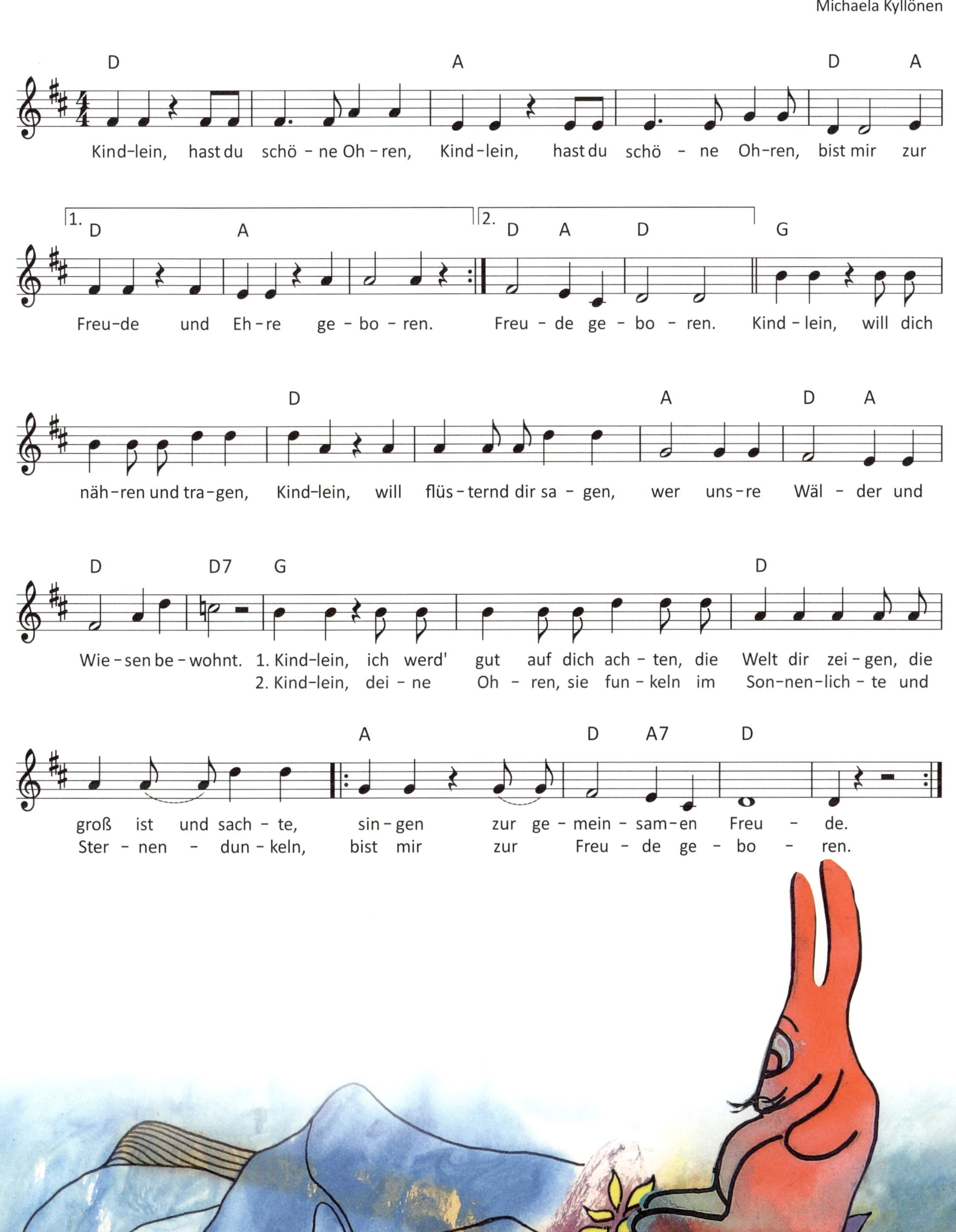

Plötzlich schrecken sie hoch! Das Drachenmaulige träumt und raunzt und jammert und stöhnt. „Du musst es wachrütteln!“, flüstert das Gemütliche dem Spitznasigen zu, „damit es aus dem Traum erwacht!“ „Was ist denn mit dir?“, fragt das Neugierige schlaftrunken und streng. „Ich hab’ was Schreckliches geträumt!“, seufzt das Drachenmaulige erleichtert, als es aus dem Traum gerissen wird. „Ja was denn?“, will das Spitznasige wissen.

„Magst du es uns erzählen?“, erkundigt sich das Gemütliche. „Also gut…“, flüstert das Drachenmaulige, denn an Schlaf war so oder so nicht mehr zu denken.

„Ich hab von einem Baby geträumt, einem ganz kleinen Kind, das hatte Ohren aus Glas und die Mutter hatte immer Angst davor, dass diese Ohren zerspringen würden. Und so hat sie ganz besonders gut auf es aufgepasst.

Aber dann geschah es, dass sie mit dem Kind in die Stadt gehen musste für ein paar Besorgungen, und in der Stadt war so viel Lärm und Gestank und Eile und das Baby weinte und weinte.“

Der Hustlesong

Michaela Kyllönen

2. Straßenbahnen quietschend halten,
Fahrer ihre Stirne falten,
Züge donnern, Motorräder
knattern so wie fast ein jeder.

3. Hetzen hurtig, husch und huscher,
schnelle, speedy bis zum Tuscher,
Lärm ist gang und Lärm ist gäbe,
Ruh' erhofft sich fast ein jeder.

„Was ist dann mit dem Kind passiert?", drängt das Neugierige. „Sind seine Ohren wirklich zersprungen?" „Das weiß ich leider nicht, da bin ich ja aufgewacht!", seufzt das Drachenmaulige erneut mit sichtbarer Erleichterung. Die Musikerlchen wirken sehr nachdenklich. „Also ich bin froh, dass ich keine Ohren aus Glas habe", erklärt das Schlappohrige. „Das versteh' ich, deine sind ja auch besonders groß!", lacht das Mutige. Das Musikaninchen denkt auch mit Schaudern daran, wie es wäre, wenn seine langen Ohren so empfindlich wären.

„Was tun wir jetzt?", will das Quirlige gähnend wissen. „Wir ziehen weiter!", erklärt das Spitznasige bestimmt. „Ja, weiterziehen!", rufen fünf Musikerlchen unisono. „Kommt ihr mit uns auf die Reise? Wir tingeln ein wenig durch unser Land, das Land der Musikerlchen, und erforschen, was es hier so alles zu entdecken gibt. Wir würden uns sehr freuen, liebe Musikameraden", schmeichelt das Gemütliche den neuen Freunden.

Während das Musikaninchen noch zögert, nickt das Musikamel freundlich: „Tja, warum eigentlich nicht? Das Land der Musikerlchen interessiert mich sehr. Wann brechen wir auf?" „Am besten gleich", schlägt das Spitznasige vor.

„Wenn hier aufgeräumt ist!", erklärt das Drachenmaulige und sieht sich vorsorglich nach einem Besen um. Nach ersten langen Gesichtern – wer räumt schon gerne auf? – packt doch ein jedes eifrig mit an.

Alle Musikerlchen helfen zusammen und mit einem lustigen Lied auf den Lippen gelingt es ihnen auch schon bald, Herr des Schmutzes zu werden. Dann steht dem Aufbruch nichts mehr im Weg.

Was für eine Sauerei

Ai, ai, ai, was für eine Sauerei,
ai, ai, ai, was für eine Sauerei!
Überall Brösel, Scherben, Staub,
überall Späne - mit Verlaub,
hier gehört gekehrt, geputzt,
weg muss all der viele Schmutz.
Doch wenn man's heute könnt' besorgen,
verschieben wir's doch auf morgen!

Und stell dir vor, über Nacht
hat's geknirscht, geächzt, gekracht
und am Tag, Gott steh mir bei,
war sie weg, die Sauerei!
Wer ist das gewesen?
Der Besen, der Besen, der Besen!

„Wohin reisen wir als Nächstes?", fragt das Neugierige. „Ich habe eine wunderbare Idee. Zeigen wir dem Musikamel und dem Musikaninchen doch unsere vier Jahreszeiten", schlägt das Schlappohrige vor.

„Jahreszeiten?", blickt das Musikamel fragend in die Runde. „Ist das ein Ort?" „Jahreszeiten sind ein Zeitraum im Jahr", erklärt das Gemütliche. „Jahreszeiten sind ein Zustand!", ruft das Schlappohrige. „Jahreszeiten bedeutet, dass es mal wärmer oder kälter wird", weiß das Neugierige. „Und dass die Sonne uns manchmal schon ganz früh an der Nase kitzelt", plappert das Spitznasige. „Am besten erfährt man es in der Natur, wenn das Aussehen der Wiesen, Bäume und Sträucher sich wandelt und auch die Temperatur sich verändert", erklärt das Quirlige.

„Reisen wir als Erstes in den Herbst?", fragt das Quirlige. „Nein, zuerst in den Winter!" „Ich bin für den Frühling!" Sieben Musikerlchen rufen laut durcheinander. Noch ehe ein Streit ausbrechen kann, spricht das Drachenmaulige ein Machtwort: „Wir besuchen den Sommer! Dann kann sich das Musikamel langsam daran gewöhnen, dass es kälter wird, wenn wir weiterreisen."

Sie verabschieden sich vom Musikaninchen, das lieber in seinem Haus bleiben möchte, und stapfen dann fröhlich ihres Weges. Mit einem Lied auf den Lippen und mit ihren Sonnenhüten bedeckt winken sie dem Musikaninchen ein letztes Mal zu.

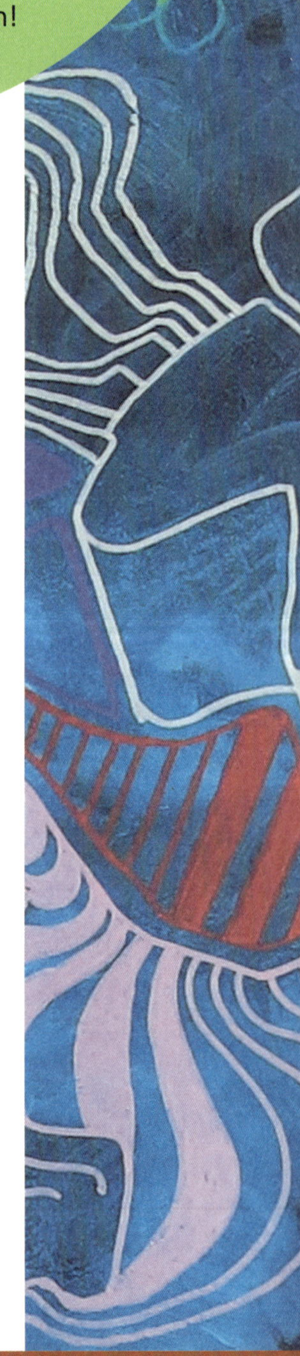

Herr des Schmutzes

Michaela Kyllönen

2. Das darf doch nicht wahr sein, ja was ist denn das?
Die Hose** voller Flecken und dazu noch nass!
Bei mir muss Ordnung sein und da hilft nur eins allein,
ich läute einen Waschtag ein!
Seife, Pulver her, dazu noch einen Schwamm!
Wasser marsch und schon fang ich zu schrubben an.
Ich schrubbe, schrubbe, schrubbe, auf und ab und her und hin,
bis ich Herr des Schmutzes bin!

* Hier können mit den Kindern Begriffe für Putzutensilien gesammelt werden: Feger, Wedel, Kehrschaufel, Staubsauger, Putzlappen, Putzkübel etc.
Dann entsprechend die Wörter anpassen: fegen, wedeln, saugen, schrubben, wischen etc.

**Bluse, Rock, Schürze, Hemd, T-Shirt etc.

Aktionslied rund um das Thema Putzen

Es kann der ganze Raum inspiziert werden, wo man überall abstauben und kehren kann: Heizkörper, Fensterbänke, Türgriffe, Zimmerecken, Schranktüren und der Boden oder der Teppich. Es können auch Kleidungsstücke gebürstet werden, von den Stiefeln über Hosen, Jacken hin zur Mütze oder den Handschuhen.

Textvariante

„Das darf doch nicht wahr sein, ja was ist denn das? Draußen Regenwetter, überall ist's nass. Da hilft nur eins allein, denn bei mir muss Ordnung sein, ich läute einen Putztag ein."

Alle meine Tiere

Michaela Kyllönen

2. Alle meine Tiere laufen froh und munter viele Wege aufwärts und viele Wege runter,
suchen sich ein Plätzchen, das auch allen passt und mit müden Beinen machen sie dann Rast.

3. Alle meine Tiere geh'n zum Zähneputzen, werden aus der Tube Zahnpasta benutzen,
bürsten rauf und runter, bürsten her und hin, bürsten ihre Beißer, bis sie sauber sind.

4. Alle meine Tiere legen sich jetzt schlafen, Hasen, Mäuse, Rehe, Tiger und Giraffen
legen sich zur Ruhe, weil sie müde sind. Komm schlaf auch du, mein liebes kleines Kind.

Die Sonne blinzelt zeitig über die hohen Baumwipfel und schon in der Früh ist es richtig warm. Der wolkenlose Himmel verspricht einen heißen Tag. Überall ist es üppig grün und Vogelgezwitscher begleitet die bunte Truppe auf ihrer Tour durch die Jahreszeiten. An einem besonders lauschigen Plätzchen im Schatten großer Bäume machen sie Rast. In der Nähe gluckst ein Bächlein, das eilig zu einem kleinen See fließt. „Sommer ist herrlich!“, hört man das Gemütliche genüsslich seufzen, während es seine Beine ins Wasser baumeln lässt. „Ich könnte hier endlos lange sitzen.“

Der Sommer ist da

Michaela Kyllönen

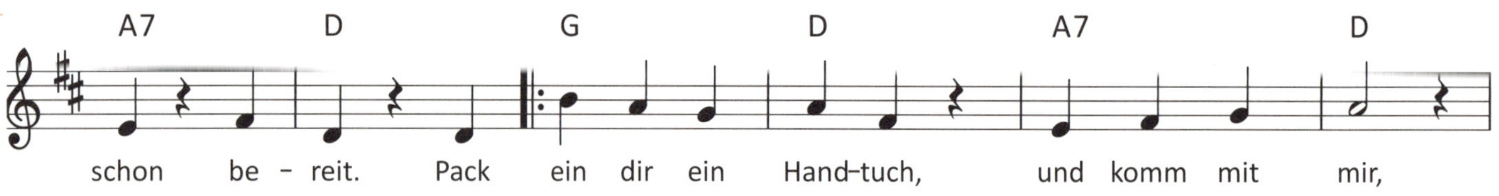

2. Der Sommer ist da, es ist Erdbeerzeit,
bist du zum Pflücken geh'n schon bereit?
Pack ein dir ein Körbchen, und komm mit mir,
ich weiß ein Plätzchen, das zeig ich dir.
Pack ein dir ein Körbchen, und komm mit mir
zum Erdbeer'n pflücken, das zeig ich dir.

3. Der Sommer ist da, es ist Eiscremezeit,
bist du zum Eisschlecken schon bereit?
Pack ein etwas Kleingeld, und komm mit mir,
ich weiß ein Plätzchen, das zeig ich dir.
Pack ein etwas Kleingeld, und komm mit mir
zum Eiscreme schlecken, das zeig ich dir.

Variationen zum Anfang oder Ende der Musikstunde:

Wir fangen jetzt an und machen Musik
und schenken uns einen Augenblick,
vielleicht auch ein Lachen, ein Namasté,
weil ich das Göttliche in Dir seh.
Wir fangen jetzt an mit einem High five,
das gibt uns'rer Stunde,
XXXXX den richtigen Drive!

Wir machen jetzt Schluss, die Stunde ist aus,
wenn's auch Zeit zu gehen, mach dir nichts draus!
Wir seh'n uns bald wieder, schön wird's dann sein,
und jetzt zum Abschied klatsch noch mal ein.
Wir machen jetzt Schluss, ein Ende muss sein,
heb hoch deine Hände,
XXXXX klatsch noch mal ein!

Aktionslied

Gemeinsam sammeln, was es alles braucht, um baden zu gehen. Alle Utensilien wie Badehose, Bikini, Sonnencreme, Sonnenhut und -brille, Schwimmflügel, Wasserball usw. können im Lied zur Sprache kommen. Der Schwerpunkt kann aber auch auf den Aktivitäten liegen wie dem Beerenpflücken oder dem Eisessen. Dies wird pantomimisch umgesetzt.

„Reisen wir als Nächstes in den Herbst?", fragt das Quirlige. Es möchte aufbrechen, denn Ausdauer ist nicht seine Stärke.

„Herbst? Ist es da auch warm?", erkundigt sich das Musikamel. „Na ja", sagt das Gemütliche, „Herbst bei uns, das ist – wenn die Apfelbäume voller reifer Früchte sind!" „Wenn der Tag deutlich kürzer wird und wir uns abends wieder früher zusammenkuscheln", ergänzt das Spitznasige. „Außerdem ziehe ich dann gerne eine Jacke an", weiß das Quirlige zu berichten. „Besonders schön ist es, wenn sich die Bäume mit einem bunten Blätterkleid schmücken und der Wind die Blätter zum Tanze auf den Wiesen und Wegen einlädt", schließt das Drachenmaulige die Ausführungen.

Kaum haben die Musikameraden den Herbst erreicht, hört man es bei jedem Schritt rascheln. Die Blätterhaufen ringsumher beeindrucken das Musikamel. „Da drin verkriechen sich kleine stachelige Tiere", erzählt das Spitznasige. Doch so viel sie auch schauen und schauen und locken und locken, die Igel wollen sich nicht zeigen.

Der Herbst

Michaela Kyllönen

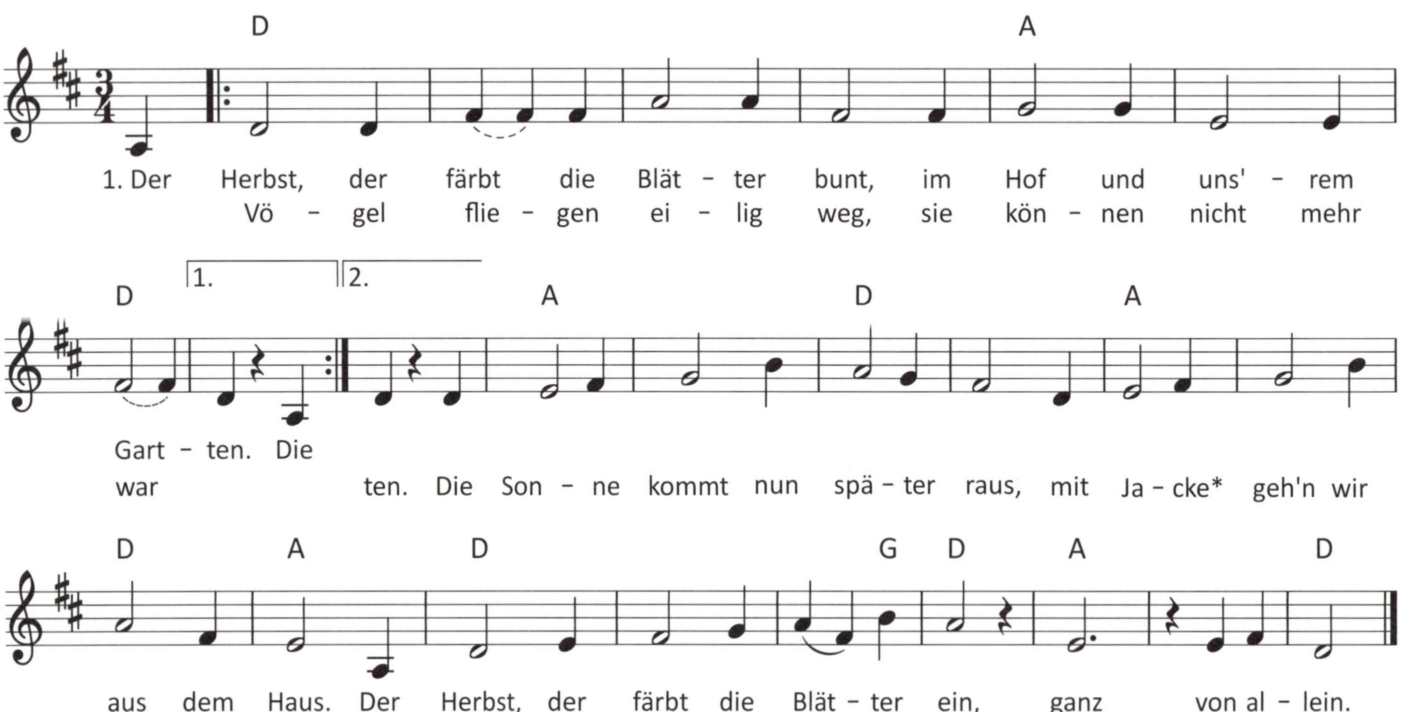

2. Der Herbst, der zaubert den Boden bunt, im Feld, im Park, im Laubwald.
Die Tiere suchen sich ein Nest, die Nächte werden nunmehr kalt.
Die Sonne kommt nun später raus, mit Mütze geh'n wir aus dem Haus.
Der Herbst, der färbt den Boden ein, ganz von allein.

* Hier können mit den Kindern Begriffe gesammelt werden, welche Kleidungsstücke im Herbst wieder aus dem Kleiderschrank geholt werden.

Willi Wurm

Willi, Willi Wurm
wohnt auf einem Wiesenstück,
Willi, Willi Wurm
hat heute großes Wetterglück.

Mit einem Sockenwurm über der Hand am Boden schlängeln.

Es fallen die Tropfen
– tippel tippel tapp –
dem Willi auf den Rücken
und rollen dann hinab.

Die andere Hand macht leichte, klopfende Tippbewegungen auf die „Wurmhand".

Willi, Willi Wurm
ringelt sich im Rasen,

Die „Wurmhand" beginnt sich einzuringeln.

da beginnt der Wind
ganz fürchterlich zu blasen.
Er wirbelt die Blätter
hui-di-wui-di-wuu
über den Rasen
und deckt den Willi zu.

Die andere Hand macht wirbelnde Bewegungen durch die Lüfte hin und her, immer tiefer am Boden und legt sich dann auf die „Wurmhand".

Da im Gras schlängelt doch etwas? Ein Salamander? Eine Schlange? „Das ist sicher ein Wurm", sagt das Schlappohrige.

Tatsächlich, es ist ein Wurm. Willi Wurm. Für eine Weile betrachten sie das Naturschauspiel, rascheln durch die großen Blätterhaufen und tanzen gemeinsam mit dem Wind.

Das Musikamel im Schlepptau kommt aus dem Staunen gar nicht mehr heraus. Die prallen Apfelbäume, das bunte Laub, die braun gefärbten Buchen und die mächtigen Eichenbäume, dazu unzählige stolze Föhren, Fichten und Tannen ringsumehr – das gibt es in seiner Heimat nicht.

Langsam

Michaela Kyllönen

Aktionslied

Im Herbst finden sich auf Wiesen und in Gärten und Parks haufenweise Blätter, die sich wunderbar für die Musikstunde eignen. Verschiedene Blätter (Ahorn, Buche, Kastanie, Walnuss, Kirsche, Weide usw.) aufsammeln und im Lied besingen; dabei die Blätter der jeweiligen Art auf ein großes Tuch fallen lassen, dieses anheben und die Blätter tanzen lassen.

In Kombination mit dem Gedicht von Willi Wurm ergibt sich eine schöne Herbststunde: Erst wird der Wurm mit Blättern zugedeckt, dann können sich die Kinder auf das Tuch legen und werden mit den Blättern bedeckt.

Der Tannenzapfen Theo

Michaela Kyllönen

2. Der Tannenzapfen Theo, der schläft des Nachts und auch bei Tag,
dabei schaukelt's hin und her, grad so viel er mag.

3. Der Tannenzapfen Theo träumt einen süßen Traume,
dass er heuer im Advent schmückt den Weihnachtsbaume.

4. Nun ist der Theo munter, schaut sehnsuchtsvoll hinunter,
was unten so passiert, ihn wirklich interessiert.

„Und was kommt nach dem Herbst?", will das Musikamel wissen. Der Weg der Musikerlchen führt durch den Herbstwald, der nach und nach ein winterliches Kleid bekommt. „Nun, bei uns wird dann Winter. Und der ist am schönsten mit richtig dicken Flocken, die vom Himmel schweben, und ganz viel Schnee zum Schneemannbauen, mit verschneiten Bäumen und Wegen zum Rodeln!", erzählt das Quirlige. Mit seiner Lust am Bewegen und seinem dicken Fell ist ihm im Winter auch nie kalt.

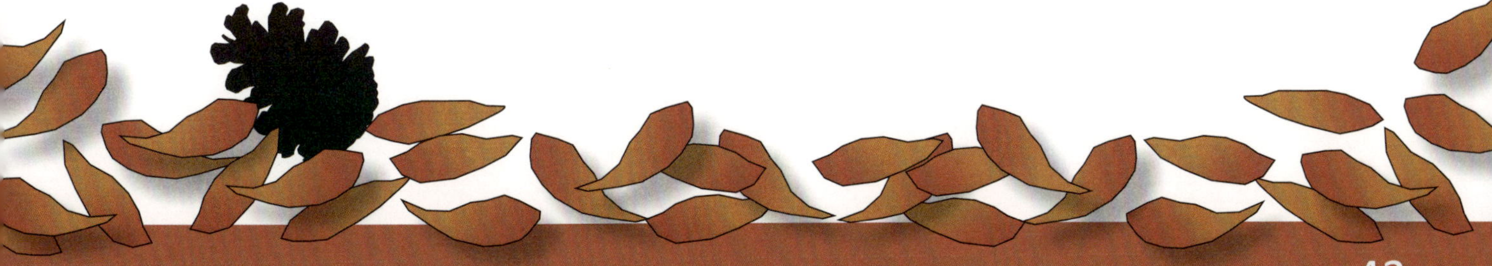

Irgendwann fällt tatsächlich etwas Weißes vom Himmel. Das Quirlige juchzt und japst vor Freude und jagt den größten Flocken hinterher. Keine Spur von kalt. Das Musikamel sieht das anders. Es beginnt zu schlottern und sein anfängliches Interesse am Winter schwindet. „Wir suchen uns ein Plätzchen zum Einkehren“, befindet das Spitznasige, das Mitleid mit dem sonnenverwöhnten Kamel hat.

„Hier begehren wir Einlass!“, entscheidet das Mutige, als sie einen Heustadel entdecken. „Wer da?“, piepst es hinter dem Holztor, als das Mutige energisch anklopft. „Wir sind die Musikerlchen und möchten uns vom Winter ausrasten. Dürfen wir eintreten?“

Als das Mutige die Tür aufschiebt, wandert sein Blick fragend in die gute Stube. Wo mag der Besitzer dieser Piepsstimme bloß sein?

Im Winter ist es kalt

Michaela Kyllönen

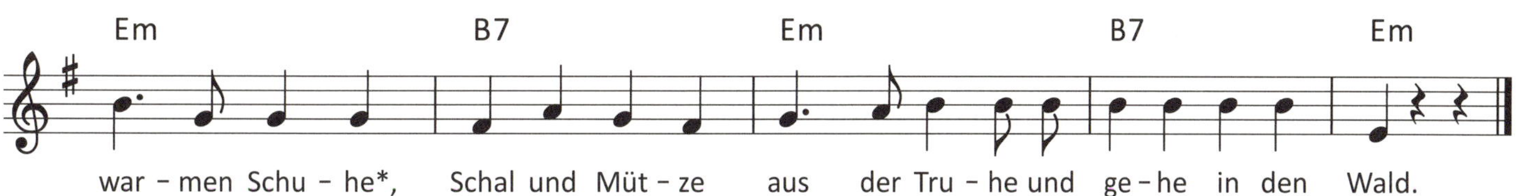

2. Im Wald, da ist es still, so still, im Wald, da ist es still.
Ich hole Reisig, Harz und Spän', so zündet mir das Feuer schön
daheim ich's machen will.

3. Daheim, da ist es nett, so nett, daheim, da ist es nett.
Im Ofen brennt ein kleines Feuer, zischt und flackert ungeheuer
und ich leg mich ins Bett!

4. Im Bett, da ist es fein, so fein, im Bett, im Bett da ist es fein.
Ich rolle mich zu einer Schnecke, kuschle mich unter die Decke
und träum' vom Sonnenschein.

Aktionslied

*Mit den Kindern sammeln, was es für eine Ausstattung braucht, wenn man im Winter hinausgeht und die Begriffe entsprechend ins Lied einbauen, z.B. Socken für die Winterschuhe, eine dicke Jacke, Handschuhe, einen Wollpullover, usw.

Im Wald ist es still und viele Tiere sind dort zu Hause: Welche Tiere kennst du, die du bei einem winterlichen Waldspaziergang entdecken? „Dort wohnen Wolf und Fuchs und Reh, ein Eichhörnchen ich manchmal seh, wenn ich eins sehen will!"

Hei, richtig, auf einem Holztresen trippelt geschäftig ein kleines Tier mit kleinen Knopfaugen, vier Beinen und einem langen Schwanz hin und her und zerrt dabei mit seinem Schnäuzchen mühsam eine Mehltüte über die Tischplatte.

„Ja, wer bist du denn?", erkundigt sich das Spitznasige, als sein Blick auf das kleine Tier fällt. „Ich", schnauft das Tierchen, „bin die Musimaus und ich bin sehr in Eile. Hier stapeln sich die leeren Keksdosen und die wollen befüllt werden, noch ehe es Weihnachten wird."

„Dürfen wir uns hier aufwärmen?", fragt das Gemütliche. „Wir zeigen unserem Freund das Land der Musikerlchen und haben uns im Winter kalte Füße geholt." „Wenn ihr mich nicht stört", erwidert die Musimaus und zerrt eine Packung Zucker über den Tresen. „Keineswegs! Wir könnten dir auch unter die Arme greifen", schlägt das Drachenmaulige vor. „Zusammen geht alles schneller!" Und flugs packen 7 x 4 Pfoten eifrig mit an. Die Musimaus klettert für den besseren Überblick auf das Küchenregal und übernimmt das Kommando und das Musikamel schaut dem geschäftigen Treiben erstaunt zu.

Kekse backen

Eins, zwei, drei, vier, fünf, sechs, sieben,
wo ist denn das Herz* geblieben,
Ist nicht hier?
Ist nicht da?
Hei, das ist doch sonderbar.
Denn der Teig ist längst gerichtet
und die Bleche aufgeschichtet,
Ei und Pinsel längst parat,
der Ofen heiß: 160 Grad
Fünf, sechs, sieben, acht, neun, zehn,
Kati, hast du das Herz gesehen?

Die Kinder sitzen im Kreis, Hände auf dem Boden und unter jeder Hand ein Ausstechförmchen (*Tanne, Stern, Mond, Blume, etc.). Es wird der Reihe nach durchgezählt.
Eine Hand deckt auf, was darunter liegt.
Nun deckt die andere Hand auf.

Bei der Frage am Ende den Kindernamen einsetzen, bei dem man beim Zählen ankommt. Dann wieder neu anfangen, ggf. mit „ist nicht hier, ist nicht da" ein paar Runden, damit jedes Kind mal aufdecken darf.
Schluss mit: „‚Josef' hat das Herz gesehen!
Es ist hier, es ist da, jetzt ist alles sonnenklar!"

Rolle, rolle Kekseteig

Rolle, rolle Kekseteig,
rolle hin und her.
Rolle, rolle Kekseteig,
dünner bitte sehr.
Jetzt hab ich's satt
und mach ihn platt,
bis der Teig ein Loch hat.
Ei, ei, ei, ei, ei.
Ich lass es mich nicht lumpen
und mache einen Klumpen,
etwas Mehl auf den Tisch,
ich beginne wieder frisch.
Rolle, rolle Kekseteig,
rolle hin und her.
Rolle, rolle Kekseteig,
dünner bitte sehr.
Jetzt stech' ich meine Kekse aus:
'nen Mond, 'nen Stern,
ein Herz, ein Haus.
Auf dem Blech mit Ei bestreichen
und dann in den Ofen reichen,
warten und schnell Hände waschen
und die fertigen Kekse
naschen.

Kekse ausrollen (Körperspiel)

Die Kinder legen sich auf den Boden, sie sind der „Kekseteig" und die Eltern rollen mit Claves auf dem Rücken oder dem Bauch des Kindes, während sie den Reim sprechen (oder gesprochen hören).
Bei „platt" auf den Teig (sanft) klopfen.
Bei „Loch" mit einem Finger drücken oder bohren.
Bei „Klumpen" knetende Bewegungen an den Armen machen, leicht zusammendrücken.
Bei „Mehl" über den Körper streicheln.
Bei „stech ich" mit den Fingern leicht auf den Körper drücken.
Bei „bestreichen" streicheln.
Bei „Hände waschen" sie am Körper des Kindes abstreifen.
Bei „naschen" das Kind liebkosen.

Mit der Musimaus

Michaela Kyllönen

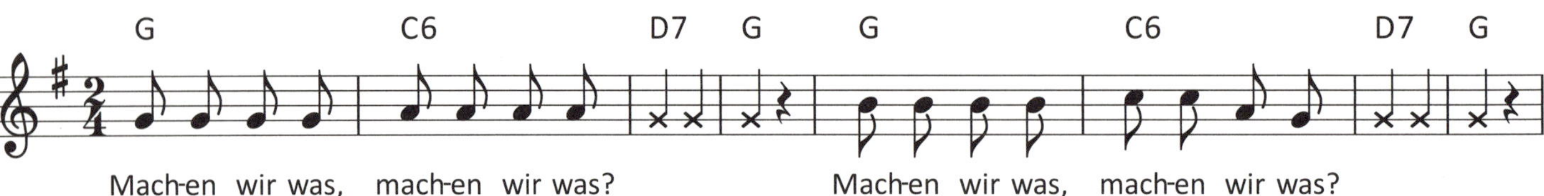

Aktionslied

In die Pausen hinein können Ideen für Körperpercussion umgesetzt werden, die dann im Verlauf des Liedes auch gesungen werden (klatschen, patschen, stampfen, schnipsen, trommeln auf die Brust, klopfen mit dem Fuß).

Möglich sind auch Bewegungen in den Raum hinein wie unterschiedliche Arten des Fortbewegens (spazieren, rennen, schleichen, trampeln, humpeln, auf Zehenspitzen gehen etc.). In dem Fall wird in die Pause hinein geklatscht.

Thema Backen:

1. Kekse backen, Kekse backen mit der Musimusimaus.
2. Teig kneten, Teig kneten mit der Musimusimaus.
3. Teig ausrollen, Teig ausrollen mit der Musimusimaus.
4. Keks ausstechen, Keks ausstechen mit der Musimusimaus.
5. Mit Ei bepinseln, Ei bepinseln grad so wie die Musimusimaus.
6. Keks stibitzen, Keks stibitzen von der Musimusimaus.

Thema Bodypercussion:

1. Klatschen, klatschen in die Hände mit der Musimusimaus.
2. Schnipsen, schnipsen, Finger schnipsen mit der Musimusimaus.
3. Trommeln, trommeln, Brust trommeln mit der Musimusimaus.
4. Patschen, patschen auf die Schenkel mit der Musimusimaus.
5. Klopfen, klopfen, Ferse klopfen mit der Musimusimaus.
6. Stampfen, stampfen, Füße stampfen mit der Musimusimaus.

Thema Bewegung:

1. Tanzen, tanzen, tanzen, tanzen mit der Musimusimaus.
2. Drehen, drehen, drehen, drehen mit der Musimusimaus.
3. Fliegen, fliegen, fliegen, fliegen mit der Musimusimaus.
4. Schwingen, schwingen, schwingen, schwingen mit der Musimusimaus.
5. Sausen, sausen, sausen, sausen mit der Musimusimaus.
6. Hüpfen, hüpfen, hüpfen, hüpfen mit der Musimusimaus.

Schon bald zieht ein köstlicher Geruch von frisch Gebackenem durch die Holzscheune und das Musikamel kostet die ersten Weihnachtskekse seines Lebens. „Sehr lecker!", seufzt es verzückt.

„Winter ist kalt und schmeckt süß", konstatiert das Musikamel, indem es sich ein Plätzchen in sein Maul schiebt. „Was kommt denn nach dem Winter?", fragt es schmatzend. „Der Frühling!", verrät das Schlappohrige. „Der Fasching!", kräht das Quirlige. Es ist eben das Lebhafteste unter all den Musikerlchen. „Das ist die fünfte Jahreszeit und außerordentlich wichtig!", betont es aufgedreht und drängt die anderen: „Kommt, lasst uns den Fasching auch besuchen und uns verkleiden! Ein bisschen Party schadet nie!" „Ich wüsste ein Kostüm für die Musimaus", kichert das Drachenmaulige. „Wie wäre es mit einem Katzenkostüm?"

Dieser Vorschlag fährt der Musimaus in die Knochen und acht Augenpaare beobachten, wie die arme Musimaus blass und blasser wird. „Was ist denn mit dir los?", ruft das Gemütliche entsetzt. „Katzen sind für Mäuse nichts zum Lachen!", erklärt das Spitznasige scharf. Die Musimaus nickt indes und piepst mit Zitterstimme: „Ich bin nur knapp dem Tod durch den Kater Murr entronnen und das vergisst kein Mäuseherz jemals wieder."

Der Kater Murr

Kater Murr macht heut Diät,
denn zum Fressen ist's schon spät.
And'rerseits knurrt halt sein Magen,
soll er noch nach Mäusen jagen?
Soll er, anstatt fein im Garten,
hier vor diesem Mausloch warten?
Maus im Loch, Maus im Loch,
bitte, bitte zeig dich doch!

Auch die Maus ist auf Diät
und zum Fressen ist's schon spät.
Lästig knurrt ihr Mäusemagen,
soll sie aus dem Loch sich wagen,
soll sie in die Küche flitzen
und ein Stückchen Brot stibitzen?
Kater Murr, Kater Murr,
bitte, bitte schlafe nur!

Leises Trippeln ist zu hören,
kann so was den Kater stören?
Kann es ihn zum Angriff locken?
Der Maus ihr Atem will schon stocken!
Noch scheint alles ruhig zu sein
und die Maus wähnt sich allein.
Doch ach herrje, ach oh wei!
Tatsächlich springt der Murr herbei!

Das Herz der Maus macht poch, poch, poch,
gerade noch erwischt, das Loch!
Und so wird – schließlich gerettet –
nun halt eben aufgebettet.
Ach, wird das ein langes Fasten,
dem Tod entronnen ist schlecht rasten.
Denn, wie anfangs schon erzählt,
machen beide heut Diät!

„Auf in den Fasching!", drängt das Quirlige. Es hat genug vom Keksebacken, genug von der warmen Stube und genug von Schauergeschichten gefräßiger Katzen. Die Musikerlchen bedanken sich adrett bei der Musimaus, die keine Lust auf den Musikarneval hat. Sie findet sich dafür schon zu alt. „Mach's gut! War nett, dich kennen zu lernen", drückt das Gemütliche der Musimaus noch rasch ihr Pfötchen und beeilt sich dann, den anderen Kameraden nachzukommen.

Die Musikerlchen setzen sich Clownshüte auf, ziehen Ringelstrümpfe an, schlüpfen in ulkige Klamotten und werden in ihren Verkleidungen zusehends ausgelassen. Dabei blasen sie aufgeregt in Tröten und erscheinen dem faschingsunkundigen Musikamel wie verwandelt.

„Fasnacht ist Partyzeit", erklärt das Spitznasige. „Komm, tanze mit!" „Du weißt doch, mit vier Beinen tanzen ist schwer", argumentiert das Musikamel ernsthaft und setzt sich lieber an den Rand der Tanzfläche, um das seltsame Treiben aus etwas Entfernung zu beobachten. Und dort sitzt es dann auch sehr, sehr, sehr lange.

„Musikarneval ist ja doch die kürzeste aller Jahreszeiten", tröstet das Gemütliche das Musikamel, als es vom Warten müde und genervt zum Aufbruch drängt.

Im Fasching

Michaela Kyllönen

Am Dm Am Dm Am

Im Fasch – ing, im Fasch – ing ver – klei-den sich die Leu – te und wer-den ü – ber Nacht zu ei – ner

1. E 2. E Am A E A

aus-ge – lass'-nen Meu – te. Im aus-ge-lass'-nen Meu-te. 1. Man trägt aus Ü-ber-mut ei – nen

E A

ro – ten Hut, wird Po – li – zist o – der Pi – rat, malt sich ei – nen schwarz-en Bart, setzt ein

E E B7

Krön-chen auf den Kopf, flech-tet sich 'nen lan-gen Zopf, zieht sich Rin-gel-so-cken an und fängt

E B7 E Am Dm Am

laut zu träl-lern an. Im Fasch-ing, im Fasch – ing ver – klei-den sich die Leu – te und

Dm Am 1. E7 Am 2. E7 Am

wer-den ü-ber Nacht zu ei – ner aus – ge – lass'-nen Meu – te. Im aus-ge-lass'-nen Meu – te.

2. Man wird aus Ulk und Spaß zu einem Hoppelhas',
trägt als Maus ein langes Schwänzchen und als Fee ein Blumenkränzchen,
hat als Clown zu große Schuh' und ein braunes Fell als Gnu,
färbt als Punk die Haare grün, winkt adrett als Königin.

Die Frühlingsboten

Tief in dunkler Erde,
ganz dick mit Schnee bedeckt,
hat sich den ganzen Winter
ein Zwiebelchen versteckt.
Da kommt die warme Sonne
und putzt hinweg den Schnee.
Ich laufe schnell nach draußen,
und wisst ihr, was ich seh'?
Da hat sich doch was Grünes
ganz langsam aufgemacht,
durchbohrt die feuchte Erde
und blitzt heraus ganz sacht.
Ich möchte so gern dran ziehen,
an diesem dünnen Gras,
möcht' unbedingt jetzt wissen:
Wer und was ist das?
Tja, stell dir vor, nach Tagen,
beim Morgensonnenschein,
da läutet ein Schneeglöckchen
den Frühling langsam ein.
Was für eine Freude,
wenn ich am Fenster steh,
und nun jeden Tag
die Frühlingsboten seh'!

„Jetzt kommt der Frühling. Das ist meine liebste Jahreszeit!", schwärmt das Neugierige.

Das Faschingsgewand in eine große Holztruhe stopfend versucht es die Wogen etwas zu glätten, die durch die ausgelassene Feierstunde der Musikerlchen entstanden sind. „Wenn man da nach draußen geht, kommt man aus dem Staunen gar nicht mehr raus, weil aus einem Schneefeld plötzlich Blumen hervor blitzen, aus einem Blätterhaufen etwas Grünes sprießt und die Vögel endlich wieder eifrig und laut zwitschern!"

Die Musikerlchen führen ihren Kameraden dann auch durch den erwachenden Frühling. Die Vögel trillern schon munter ihre Frühlingslieder und für die Ohren des Musikamels klingt das sehr lieblich.

Schneeglöckchen

2. Weg mit der Strumpfhose,
Jacke adé,
weg mit den Handschuh'n,
barhändig ich geh'!

3. Weg mit dem Schlitten,
Rodel adé,
weg mit den Schiern,
radeln ich geh'!

Aktionslied

Der Winter ist vorbei und damit werden auch Winterkleider und Sportausrüstung verräumt. Gemeinsam mit den Kindern Begriffe (Winterstiefel, Handschuhe, Schal, Mütze, Rodel, Skischuhe, Skibrille, Skistöcke, Wollsocken etc.) sammeln und im Liedtext einbauen. Die Begriffe können im Lied mit Gesten illustriert werden. Wenn das Lied gut sitzt, die Begriffe beim Singen weglassen und durch Gesten ersetzen.

Das Musikamel ist noch ganz verzaubert vom zarten Glockenklang der Schneeglöckchen im Garten. Es kann sich an diesen Frühlingsboten gar nicht satt sehen. „Frühling ist schön!“, flüstert es. Dabei kullert ihm eine Träne über die Kamelnase. „Nanu?“, wundert sich das Drachenmaulige, „was ist denn mit dir los?“ „Ich glaube, das ist das Heimweh“, schnieft das Musikamel plötzlich.

„Vielleicht ist es für uns alle an der Zeit heimzukehren“, zeigt das Gemütliche Verständnis. „Ich will noch nicht nach Hause!“, jammert das Neugierige. „Wir haben doch noch gar nicht alles gesehen, nicht alles gehört und auch nicht gekostet und ausprobiert?!“ „Mit dem Sehen und Hören und Probieren ist man nie fertig!“, erklärt das Drachenmaulige.

Die Vorstellung vom bevorstehenden Abschied trübt die Stimmung unter den Kameraden. „Loslassen fällt nie leicht“, seufzt das Spitznasige, „aber das Musikamel hat schließlich Heimweh nach seiner Wüste, dem Sand und den Dünen.“

„Und wie kommst du jetzt dorthin zurück?“, fragt das Neugierige. „Mit Hilfe von eurem Zauber, der hat mich doch auch hergeholt“, sagt das Musikamel. „Ich organisiere dir einen blauen Ballon“, bringt sich das Schlappohrige ein. „Der wird dich heimtragen!“

Hokus Pokus Krähenfüße,
Katzenschwanz und Zuckersüße,
Kokosnuss und Knallbonbon,
komm herbei, blauer Ballon!

„Blauer Ballon? Ich sehe nur einen roten Ballon!“, kichert das Spitznasige belustigt. „Der tut’s auch“, erklärt das Musikamel eilig und angelt sich das dicke Tau. Es will vor den Musikerlchen keine Tränen vergießen und drängt auf den raschen Abschied.

Aktionslied
Je nach Strophe wird der Ballon unterschiedlich eingesetzt: Es wird hineingepustet, es werden Quietsch- bzw. Kratzgeräusche usw. gemacht; der Ballon (noch nicht verknotet) kann auch losgelassen werden, so dass er davonfliegt und ein lustiges Geräusch von sich gibt. Am Ende des Spielliedes kann der Ballon mit einer Nadel angestochen werden, um auch den Effekt des Knalls auskosten zu können.
Der aufgeblasene Ballon kann auch als Percussioninstrument dienen.

Mein blauer Ballon

Michaela Kyllönen

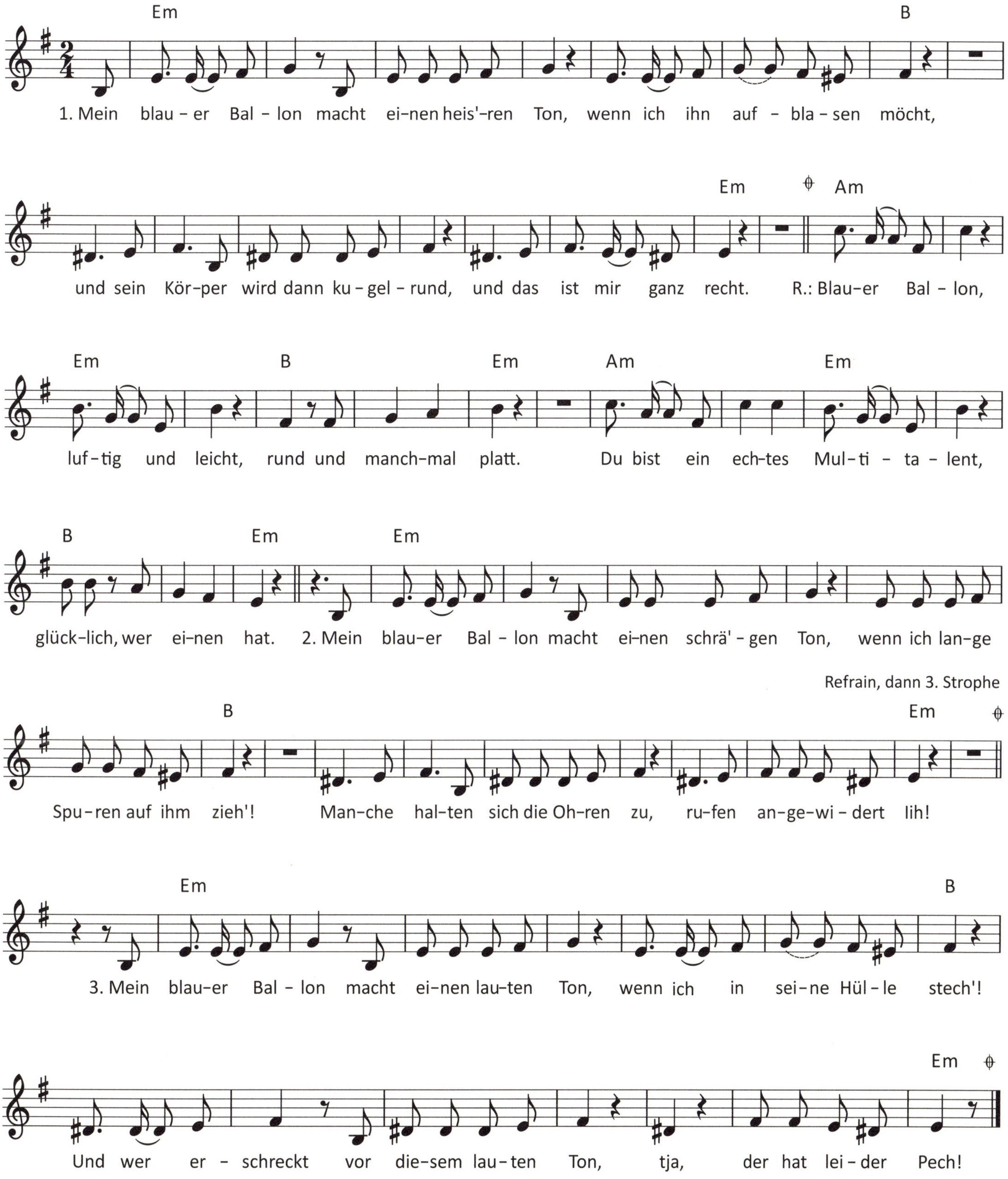

Em B

1. Mein blau - er Bal - lon macht ei-nen heis'-ren Ton, wenn ich ihn auf - bla - sen möcht,

Em 𝄌 Am

und sein Kör-per wird dann ku - gel - rund, und das ist mir ganz recht. R.: Blau-er Bal - lon,

Em B Em Am Em

luf-tig und leicht, rund und manch-mal platt. Du bist ein ech-tes Mul-ti - ta - lent,

B Em Em

glück-lich, wer ei-nen hat. 2. Mein blau-er Bal - lon macht ei-nen schrä' - gen Ton, wenn ich lan-ge

Refrain, dann 3. Strophe

„Mit dem blauen Ballon, da flieg ich davon, wenn es nun wirklich an der Zeit. Allen adieu und ein Shake-Hands, ich mach mich zum Abflug bereit! Roter Ballon, fliege davon, ich mach mich parat. Du bist ein echtes Multitalent, schön, wenn man einen hat!", trällert das Musikamel, als es vom Ballon fortgetragen wird.

Unten stehen das Drachenmaulige, das Mutige, das Neugierige, das Quirlige, das Schlappohrige, das Spitznasige und das Gemütliche und alle winken dem Heimkehrer lange nach, der immer kleiner und kleiner schließlich ihren Blicken ganz entschwindet.

„Lasst uns nach Hause gehen!", seufzt das Gemütliche. „Das wird schwierig!", grübelt das Quirlige. „Irgendwo am Waldrand haben wir doch unser Auto stehen gelassen, nachdem wir über Berg und Tal gebraust sind." „Oh weh, wir finden nie mehr heim!", jammert das Gemütliche. „Wir haben doch unser Spitznasiges, das steckt nicht umsonst seine Nase überall hinein und erschnüffelt so die Lösung unseres Dilemmas", bemerkt das Drachenmaulige. „Also los!", ermuntert das Angesprochene seine Kameraden und so ziehen sie ein weiteres Mal gemeinsam los, der Spitznase nach.

Nach einer Weile beginnt eine Meuterei. „Wieso haben WIR keinen Ballon genommen?", erkundigt sich das Gemütliche. „Wo steht denn nun das Auto?", hört man das Schlappohrige fragen. „Wie lange müssen wir noch gehen?", will das Neugierige wissen.

„Singen wir etwas, dann läuft es sich leichter!", schlägt das Quirlige vor und stimmt auch schon den ersten Ton an.

Bewegungslied

Michaela Kyllönen

2. Springen, ja springen, springen, weil ich sportlich bin; Hopsen, ja hopsen, hopsen ständig her und hin.
Hüpfen, ja hüpfen, hüpfen wie ein Frosch im Gras; Hoppeln, ja hoppeln, hoppeln wie ein Has'.
Springen und hopsen, hüpfen, hoppeln, bewegen, grad so wie ich will,
und wenn dann ein Gong ertönt, steh' ich still.

3. Krabbeln, ja krabbeln, krabbeln so gut ich kann; Kriechen, ja kriechen, kriechen strengt mich an.
Robben, ja robben, robben ganz auf meine Art; Rollen, ja rollen, rollen wie ein Rad.
Krabbeln und kriechen, robben, rollen, bewegen, grad so wie ich will,
und wenn dann ein Gong ertönt, steh' ich still.

4. Kreiseln, ja kreiseln, kreiseln ganz schön schnell; Drehen, ja drehen, drehen wie ein Karussell.
Wirbeln, ja wirbeln, wirbeln wie ein Wirbelwind; Trudeln, ja trudeln, trudeln ganz geschwind.
Kreiseln und drehen, wirbeln, trudeln, bewegen, rund-, rundherum,
und wenn ich davon dann müd', fall ich um.

5. Schleichen, ja schleichen, wie ein Dieb um's Haus; Huschen, ja huschen, huschen wie 'ne kleine Maus.
Pirschen, ja pirschen, pirschen wie ein Jägersmann; Schlendern, ja schlendern, langsam dann und wann.
Schleichen und huschen, pirschen, schlendern, bewegen, heimlich, still und frech,
und wenn man mich dann erwischt, hab ich Pech!

Käferlein

Kribbe, krabbe, kribbe,
kribbe, krabbe, krii.
Mit vielen Beinchen kurz und klein
krabbelt hier ein Käferlein,
kribbe, krabbe, kribbe.
Krabbelt flink, krabbelt keck,
krabbelt hurtig, krabbelt weg.
Käferlein, Käferlein,
wo magst du jetzt sein?
Pst, da schau, ein Blätterhaus,
dort ruht sich's aus, ruht sich's aus!

Variante für eine Wiederholung:
Ui, da schau, vom Blätterhaus,
krabbelt es schon wieder raus.

Mit den Fingern der rechten Hand auf dem Boden krabbeln, über den eigenen Körper oder den des Kindes, dann unter der linken Hand verstecken, fragend umherschauen, dann die linke Hand öffnen und die schlafende Krabbelhand preisgeben.

Und tatsächlich, nach vier Strophen des Bewegungsliedes und sieben weiteren Kurven entdecken sie tatsächlich ihr Gefährt, in der Mitte eines Weges abgestellt und artig auf die Heimkehrer wartend. Das Gras drum herum ist eindeutig höher gewachsen und ein paar Käfer sonnen sich gemütlich auf der Motorhaube. „Wie kommen wir von hier nun weiter mit dem Auto?", fragt das Mutige. Aufwärts schieben wir zu sechst und abwärts rollen wir zu siebt", erklärt das Drachenmaulige emotionslos. Es hat ja auch vor, am Steuer zu sitzen.

Müde, hungrig, verschwitzt und randvoll mit Eindrücken trudeln sie – das lässt sich mit Gewissheit sagen – dann Zuhause ein. „Wieder daheim, von guten Freunden umgeben. Wie schön!", gähnt das Gemütliche und streckt alle Viere von sich.

Ein kleiner Schwamm

Ein kleiner Schwamm, der hüpft auf dir,
1, 2, 3 und 4.
Er fühlt sich ziemlich rauh an,
wie gut, dass ich das fühlen kann.

Ein kleiner Schwamm, der reibt auf dir,
1, 2, 3 und 4.
Er fühlt sich ziemlich kratzig an,
wie gut, dass ich das spüren kann.

Ein kleiner Schwamm, der tanzt auf dir,
1, 2, 3 und 4.
Und taucht er dann ins Wasser ein,
dann wird er weich, dann wird er fein.

Ein kleiner Schwamm, der putzt auf dir,
1, 2, 3 und 4.
Nun fühlt er sich sehr feucht an,
wie gut, dass ich es spüren kann.

Ein kleiner Schwamm, der spielt Versteck,
auf 1, 2, 3, da ist er weg.
Und kommt er dann hervor,
putzt er dir dein rechtes Ohr.

Ein kleiner Schwamm, der spielt Versteck,
auf 1, 2, 3 da ist er weg.
Und kommt er wieder hervor,
putzt er auch dein linkes Ohr.

Ein kleiner Schwamm hüpft in die Höh,
so hoch, dass ich ihn kaum noch seh,
und kommt er wieder unten an,
ich ihn kräftig drücken kann.

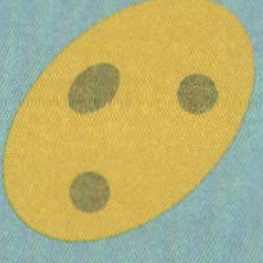

Badewannenentenregimentsführer

Michaela Kyllönen

2. In uns'rem Badezimmer
jeden Samstag um halb fünf,
da jammert dann mein Bruder
über seine nassen Strümpf'.
Ich sitz dann noch im Wasser
und seif die Ente ein,
denn mein gelbes Gummitierchen
soll sonntagstauglich sein.

3. In meiner Badewanne
jeden Samstag um halb sechs,
da schaut Mama zur Tür rein,
ob wohl noch alles recht'ns.
Ich sitz dann noch im Wasser,
schon schrumpelig, doch froh,
denn mit meiner Ente baden
lieb ich einfach so.

„Ich freu mich auf die Badewanne!“, ruft das Quirlige. „Weg mit dem Reisedreck und dann frisch gewaschen in die Hängematte!“, ergänzt das Schlappohrige. „Ich lasse mir den Rücken schrubben!“, jauchzt das Spitznasige. „Und ich bade mit meiner Gummiente!“, quietscht das Neugierige. Wie lange es gedauert hat, bis alle Musikerlchen sonntagstauglich waren, davon wissen wir leider nichts. Dass sie aber eine bunte Truppe zum Gernhaben sind, das wissen wir – nach dem Besuch im Land der Musikerlchen – ganz gewiss.

Nun ciao

Kanon

2. Goodbye und Adieu,
Goodbye und Adieu,
wie schön, wenn ich
dich bald wieder seh'!

3. Klatsch ein noch zum Schluss,
klatsch ein noch zum Schluss,
und für alle Fäll'
'nen Abschiedskuss!

Jede Reise endet irgendwann damit, dass man wieder zu Hause ankommt, reicher an Eindrücken, Erlebnissen und Erinnerungen. Da sind nun bunte Bilder, unterschiedliche Düfte und allerhand Klänge, die von der Reise erzählen, wenn man die Augen schließt und nach innen lauscht.

Und so bleibt nun noch, dir Ciao zu sagen. Schön, dass du mitgekommen bist ins Land der Musikerlchen und dort die vielen bunten, frechen, lauten und witzigen Bewohner kennen gelernt hast. Sie alle haben dir ihr eigenes Lied gelehrt, das fortan auch dein Lied sein darf.

Schlussgedicht

Hör, was macht das Vögelchen bloß?
Es pfeift sein Liedchen ganz famos.
Was macht denn die Biene immerzu?
Besucht die Blumen ohn' Rast und Ruh.
Was macht die Blume tagaus tagein?
Sie duftet so herrlich, sie duftet so fein.
Was macht der Frosch, der am Bächlein sitzt?
Er taucht unter, damit er nicht schwitzt.
Was macht der Storch auf langen Füßen?
Er neigt seinen Kopf und lässt euch schön grüßen!

Ciao! Tschüss! Pfüat di!

Michaela Kyllönen, geboren am 4.12.1971, lebt in Feldkirch, Österreich und ist Mutter von vier Söhnen. Ihr Talent für Sprache und Musik lebte sie zuerst als Vierjährige und dann erst wieder als Vierzigjährige aus. Die Inspiration für die Arbeit mit Babys und Musik bezieht sie aus Finnland, der Heimat ihres Mannes. Sie hat bereits unzählige Lieder aus dem Finnischen ins Deutsche übersetzt und auch zwei Liederbücher herausgegeben. Das Spielen mit Sprache ist ebenso eine Gabe wie das Aus-der-Luft-Pflücken von Melodien, die sich harmonisch mit dem Text verweben und so kleine Geschichten erzählen. Neben ihrer Arbeit als Elementare Musik- und Tanzpädagogin pflegt sie vor allem in der Vorweihnachtszeit die Liebe zum Backen von Biobäckereien. Das restliche Jahr über sind es Musik und Tanz, die das Leben bunt färben.

Alfred Dünser, 9.4.1962 geboren, lebt in Lochau, Österreich und ist Blockflötist, Komponist, Arrangeur, Musiktherapeut und Musikpädagoge. Er bezeichnet sich selbst als Musiker zwischen Lehren und Lernen, zwischen Kreativität und Suchen, zwischen Jazz und Pop, zwischen Alt und Jung, zwischen Spielen und Forschen, zwischen alter und zeitgenössischer Musik, zwischen Weltlichem und Spirituellem, zwischen Tönen und Dröhnen, zwischen Vokal und Instrumental, zwischen Improvisation und Komposition, zwischen Klavier und Flöte. Er hat sein großes Fachwissen mit so viel Engagement in dieses Buch eingebracht und wunderschöne Instrumentalsätze für die Kinderlieder geschaffen, dass dem gemeinsamen Musizieren nichts mehr im Wege steht. Vielfalt garantiert! Gemeinsam mit Michaela Kyllönen hat er bereits das Buch „Klangfenster Finnland" (Verlag Doblinger) herausgegeben und die Arrangements der Begleit-CD des Buches ‚Weihnachten in Finnland' im Reichert Verlag verfasst.

Paul Janssen, geboren am 8.12.1949, lebt in Brunssum, den Niederlanden, wo er auch sein Atelier hat. Als ausgebildeter Zeichenlehrer absolvierte er die Kunstakademie in Hasselt, Belgien für Malen und freie Grafik. Sein Schaffen umfasst Gemälde, Zeichnungen, Radierungen, Arbeiten aus Ton und farbenfrohe Bleiglasfenster. Man findet seine Werke in ganz Europa und sogar in Südafrika. Durch seine weitere Passion, den Tanz, den er mit seiner Frau Margo lebt und lehrt, ist Paul Janssen davon überzeugt, dass die Kombination von Musik und Bewegung für die Entwicklung von Kinder einen hohen Stellenwert hat. Selbst Vater und Großvater hat er unter anderem Power of Life dance ® für Kinder entwickelt. Es ist das erste Buch, das Paul Janssen mit seinen Bildern illustriert und seine Inspiration dazu fand er in der Kombination von Musik, Bild und Bewegung. Es hat ihm, wie er betont, viel Spaß gemacht.

Musiker*innen

Alfred Dünser (Klavier, Bassxylophon, Altblockflöte, Gesang) alle Lieder außer S. 35, 42, 45
Andrea Gamper (Harfe) S. 8, 14, 42
Andreas Schuchter (Waldhorn) S. 12, 40, 57
Antonia Klammsteiner (Gesang) S. 27
Brigitte Dünser (Akkordeon, Altblockflöte, Altxylophon, Gesang) S. 16, 24, 29, 36, 47, 48, 51, 55, 59, 60
Claudia Ardaya Lieb (Gesang, Fahrradklingel, Wasserplätschern) S. 32, 35, 60
Clemens Breuss (Gesang) S. 12, 40, 57
Christine Schneider (Gesang, Bodypercussion, Leitung Kinderchor und Ensemble) S. 31, 47, 48, 55, 59
Elias Summer (Trompete) S. 59
Emilia Mathis (Saxofon) S. 43
Evgenij Banev (Gesang) S. 36
Herlinde Tiefenthaler (Geige, Bratsche) S. 5, 16, 29, 30, 51
Johannes Britzl (Zither) S. 27, 53
Judith Mück (Gesang) S. 18
Klaus Plank (Tuba) S. 8, 10
Lea Götz (Fagott) S. 16, 29, 51
Louis Jakobs (Gesang) S. 59
Luca Hallmann (Posaune, Hupe, Fahrradklingel, Lockpfeife) S. 22, 32
Magdalena Elender (Gesang) S. 42
Marius Schwab (Hackbrett, Besen) S. 27, 35, 53
Martin Häusle (Gesang) S. 43, 60
Martin Schelling (Klarinette) S. 12, 36, 55, 57
Michaela Coers (Oboe) S. 7, 20
Michael Gapp (Hackbrett, Zither) S. 27, 35, 53
Michaela Kyllönen (Gesang, Bassxylophon, Claves, Drachenmaul, Holzblock, Schellenkranz, Triangel, Vibraslap, Luftballon und alle Gedichte) S. 5, 7, 8, 14, 16, 18, 20, 22, 24, 29, 32, 35, 38, 43, 45, 47, 48, 51, 57, 59, 60
Patrick Radoszticz (Gitarre) S. 18, 42, 45
Penelope Thalhammer (Cello, Drachenmaul) S. 5, 7, 8, 18, 24, 42, 47, 48, 59
Sarah Vester (Querflöte) S. 27, 53
Simone Humpeler (Gesang) S. 7, 20, 45
Stefan Greussing (Cajon, Djembe, Holzblock, Maracas, Marimba, Vibraphon) S. 12, 31, 36, 45, 55, 57
Ulrike Porod (Kontrabass) S. 35, 43, 51, 53, 60
Victoria Türtscher (Gesang) S. 22, 32, 38, 53
Wolfgang Veith (Gesang) S. 24, 29, 51, 60
Ensemble: Allegra Steindorfer, Greta Herburger, Lea Akemi Reuter, Liliane Maier, Sophia Girtzner S. 5, 16, 30, 47, 48
Chor: Julia Moritsch, Julius Spalt, Lorena Schmidt, Peter Franken und Ensemble S. 8, 14

Dankeschön * Děkuji * Paldies * Villmools Merci

In den letzten sechs Jahren bereiste ich mit meiner Familie viele verschiedene Städte Mitteleuropas, wenn mein Sohn Joonatan ein Auswärtsturnier bestritt. Die Spielpausen dienten uns Eishockeyfans dem Sightseeing und so hatte ich Zeit, in fremden Fluren meinen musikalischen Tieren zu begegnen. Die Musikobra war die Erste, die mich kitzelte, als ich im Wald von Füssen meinen Pausenspaziergang absolvierte. Musikamel und Musimaus folgten im Städtchen Feldkirch und die bunten Musikerlchen tummelten sich an einem Stand im tschechischen Telc. Als ich dann ihr Lied auf der Landstraße dahinschreitend fand, war das kleine Glück perfekt. Der jüngste der Buchbewohner, das Musikaninchen, lockte mich in Riga, denn seinem Blick konnte ich einfach nicht widerstehen. Sein Lied fand sich etwas später in der malerischen Naturkulisse Luxembourgs. Kein Wunder, dass meine Tiere so reisefreudig sind, begegneten sie mir jeweils dann, wenn ich selbst unterwegs war, auch wenn manchmal nur auf dem Rad zwischen Österreich und Liechtenstein, wo der Brombär und sein Brummbär auf mich warteten.

Alle Ideen brauchen gute Paten, um sich zu manifestieren und genau diese hatte ich mit meinem kleinen „Musizoo". Die tiefste Verneigung gehört meinem treuen Projektpartner und Notenkünstler Alfred Dünser, den ich für jede verrückte Sache gewinnen kann. Ohne ihn gäbe es keines meiner Liederhefte. Dafür von Herzen danke. Eine Herzensumarmung gebührt Paul Janssen, der meinem Ansinnen, ein Kinderliederbuch zu illustrieren, sehr offen, neugierig und kreativ begegnet ist. Danke an Ursula Reichert, die mir mit ihrem Verlag nach „Weihnachten in Finnland" erneut ein Dach angeboten hat und an Sarah Reinish für das wunderschöne Layout.

Ein Kinderliederbuch wird erst durch die hörbare Musik so richtig rund und DANK der vielen Kollegen und Kolleginnen aus Vorarlbergs Musikschullandschaft kommt die Begleit-CD nun bunt, vielseitig und klangprächtig daher. Allen 49(!) Beteiligten vor und hinter den Mikrofonen daher meinen größten Respekt und Dank für's Begeistern lassen, Einüben, Umsetzen und Mittun. Schön, dass wir den Tonraum der Musikschule Feldkirch für die musikalsichen Kapriolen nutzen durften. Ich weiß es zu schätzen!

Mit einem Blick zum Himmel verspüre ich einerseits eine tiefe Dankbarkeit für meine Fähigkeit, „Lieder aus der Luft zu pflücken" und andererseits auch für all die Eltern und Kinder, die ich seit Jahren begleiten darf, für die Crowd, die mich unterstützt hat, für die guten Seelen beim Korrigieren, Fotografieren, Diskutieren und Ausprobieren. Jede Person, die meine Dankesworte liest und damit in Resonanz geht, darf sich eingeschlossen fühlen im großen Feld der Dankbarkeit, die mich wie ein zarter Frühlingswind umsäuselt. Es ist wunderbar, was im Zusammenwirken entstehen kann. Und um es mit meiner finnischen Herzenssprache abzuschließen: Hieno juttu ja iso kiitos!

Michaela Kyllönen, Januar 2020